「あ、あ、あ…っ…」
　長大なものが内壁を押し広げていく感覚に、晶緋は小刻みに喘いだ。
「こんなに、締め付けて。そんなに欲しかったのか？」

執事は夜の花嫁

Butler is the vampire's bride

あすま理彩

RISAI ASUMA presents

KAIOHSHA ガッシュ文庫

イラスト★あさとえいり

CONTENTS

★本作品の内容はすべてフィクションです。
実在の人物・地名・団体・事件などとは一切関係ありません。

プロローグ

心細かった。
漆黒《しっこく》の闇夜――。
千歳晶緋《ちとせあきひ》の隣では、弟の刻《きざむ》が泣き疲れて眠っている。
「う…っ…」
立ち上がろうとして、鋭い痛みが足に走った。
草むらに、晶緋の華奢《きゃしゃ》な身体《からだ》が倒れ込む。
漆黒の、闇夜。
遠くで聞こえるのは、野犬か狼《おおかみ》の鳴き声か――…。
晶緋と刻の兄弟二人がいるのは、ヨーロッパのある地方、黒の森と呼ばれる場所だ。
別名「ヴァンパイアの住まう森」、と言う。
地質学者である両親の研究のために、家族でこの地に住んで半年になる。

言葉にはもう殆《ほとん》ど不自由することはない。

——ヴァンパイア。

その存在を想像し、晶緋はぶるりと肌を震わせた。

真珠《しんじゅ》色の肌が、夜露《よつゆ》に濡《ぬ》れる。

村人は、二人がいるこの森には、滅多に近づかない。

だが、二人がこの森の奥にまで入り込んだのには、ある理由がある。

珍しい地層を発見したと、喜んでいた両親が森に入り込んだのはひと月前。そして…。

そのまま両親は戻っては来なかった。

「刻…」

十歳の晶緋は、まだあどけない弟の頬を、そ…っと慰《なぐさ》めるように撫《な》でた。

弟は、まだ八つ。両親が恋しい年頃だろう。

刻は捜索が打ち切られても諦《あきら》めきれずに、晶緋が目を離した隙《すき》に、両親が向かった森に入り込んだのだ。

仕事のため各地を転々としていた両親には、これといった親しい知り合いも、連絡を密に取り合っていた親戚もおらず、周囲が二人の存在を持て余しているのを、晶緋は子供ながらも敏感に感じ取っていた。

やっと連絡が取れた遠い親戚も、二人を疎《うと》ましく思っているのが見て取れた。

行く場所もなく、頼るものもなく。

弟は晶緋を頼れても、晶緋には頼れる者はいない。

晶緋も両親が死んだと思いたくはない。

だが、これからは弟を守るのは自分だという自覚はあった。

弟が寂しがって泣けば泣くほど、晶緋は泣くことができなくなった。

周囲はそんな晶緋を、可愛げがないと称することもあったけれども。

元々、末っ子気質で甘え上手な弟に比べ、晶緋は人に甘えることができない性質だった。

愛らしい弟は、誰にでも愛されて…より一層、晶緋を遠慮がちな子供にさせた。

晶緋とて、弟とは二つしか違わない。年令相応に、両親を恋《こ》う気持ちはある。だが、それを素直に見せることができない。兄として弟を守らなければという使命感が、晶緋を甘えることを滅多にしない性質にさせたのだろう。

森に勝手に入り込んだ弟を慌てて追いかけて、…やっと追いつくことができた時、弟は崖から足を滑らせたのだ。

弟を庇《かば》って、その下敷きになった晶緋。刻は、晶緋のお陰で傷一つない。

怪我から守ることはできたものの、今自分たちがどこにいるか、分からない。

（どうやったら、刻を助けられるか…）

それればかりを、考える。

朝になれば、帰路を見つけ出すことができるかもしれないが、晶緋を焦《あせ》らせるのは、この森に伝わるヴァンパイアの伝説だ。

恐ろしげな容貌《ようぼう》をしたその化け物に、村人はその昔、生贄《いけにえ》を差し出し…無分別に村人を襲わないよう、懇願《こんがん》していたのだという。生贄に選ばれた女性は花嫁衣裳をまとい、村人に半《なか》ば脅迫されるようにして、森の中にたった一人、入っていったのだという。

その伝説を教えてくれた両親は、戻ってきてはくれない。

両親も、ヴァンパイアに襲われたのか…。

頼る親戚もおらず、傷ついた足で立ち上がることもできずに、森の中で痛む足を摩《さす》る。腫《は》れ上がった足首に、次第に気が遠くなるほどの痛みを覚える。

苦しくて、恐ろしくて、心細くて、たまらない。

（誰か――…）

既《すで》に何度も助けを呼んだ声は掠《かす》れ、言葉にならない。

痛みと絶望に、目の前が暗くなった、その時。

生い茂った草を掻《か》き分けて、大きな野犬が姿を現した。

「ひ…っ…」

少年である晶緋には、その野犬は獰猛《どうもう》な熊ほどにも大きく映る。

恐怖に、晶緋の咽喉《のど》が鳴った。

犬は腹をすかせているのだろうか、やっと獲物を見つけたというかのように、二人の前に進む。

(せめて、刻だけでも…！)

晶緋の足では逃げられない。

ガウ…ッ、と狂猛《きょうもう》な声とともに、野犬が地面を蹴《け》った。

飛び掛かろうとする犬の前、刻に晶緋は覆《おお》い被《かぶ》さる。だが。

(……？)

訪れると予想した衝撃はない。

「ギャウ…ッ」

それどころか、野犬はその大きな体に似つかわしくない悲鳴を上げた。

弱々しい声を上げながら、走り去って行く。

次第に犬の息づかいも聞こえなくなり、完全な静寂が訪れた。

「え…？」

（一体…）

恐る恐る目を開ける。

すると、そこには黒い外套《がいとう》に身を包んだ男性が立っていた。

圧倒的な存在感。

彼がそこに姿を現しただけで、強靭《きょうじん》なオーラに威圧されそうになる。

ゾクン…！　と晶緋の背が戦慄《わなな》く。

（まさか、ヴァンパイア…!?）

単なる伝説だと思っていても、月もない闇夜、彼の存在は空気を切り裂くような、苛烈《かれつ》さがある。

「この森には滅多に誰も近づかないのに、何をしている？」

彼は訊《き》いた。

艶《つや》めいた低い声が、辺りに響き渡る。

逞《たくま》しい長身に似合いの、広い肩幅…。男らしい双眸《そうぼう》は、力強さに満ちていた。

持て余すほどに長い手足は男らしい体躯《たいく》によく合い、何より印象的なのは、一目で魅了されるほどの、その容貌だ。

魂《たましい》を、奪われるほどの。

気品のある美男子ぶりは、まるで中世の絵画から抜け出てきた貴族のようだ。切れ長の瞳に真《ま》っ直《す》ぐの眉《まゆ》は男らしいけれど、全体としては美麗な印象が先に立つ。

表情は感情を表すのにとぼしく、微笑《ほほえ》みの一つも浮かべてはいないのに、なぜか冷淡な感じはしないのが不思議だった。

夜露を、彼のまとうフロックコートが弾く。光沢《こうたく》のある生地《きじ》は一目で上質なものだと分かり、彼の長身にとてもよく似合い、一層彼を魅力的に見せていた。

彼が、野犬から自分達を助けてくれたのだろうか。野犬を追い払うような荒々しい振《ふ》る舞《ま》いが似つかわしくないほど、端麗《たんれい》な美丈夫といった雰囲気の彼が。

黒曜石《こくようせき》のような晶緋の瞳が、それより深い闇色の双眸に囚《とら》われる。

「…両親を、探して…」

「両親を？」

「はい。仕事で、この辺りの地形の研究をしていると、言っていました。ひと月前、この森に入り込んだまま、戻っては来なくて…それで探しに来て…」

「隣にいるのは？」

「弟です」

恐る恐る、晶緋は答えた。

「森に入ってひと月か……」

男性は呟《つぶや》くように言った。闇の中であっても、彼の白皙《はくせき》は際立ち、眉をわずかに寄せた表情すら絵になる。

その口調には、もう生きてはいまいという絶望的な気配が混ざる。

晶緋の胸が痛む。分かってはいても、これが、現実なのだ。

「たった二人で森に入り込むなんて、お前たちの今の保護者はどうしてる？」

「……いません」

言いながら、晶緋はそ……っと目を伏せた。

行くあても、頼る相手もいない今の状況を憂《うれ》い、つらく苦しく思っていても、弟の手前、晶緋がそれを表すことはできなかった。

晶緋の表情から、男性は今の二人が置かれた状況を察したのだろうか。

「ならば、私と来るか？」

男性は言った。下手《へた》な慰めや同情は、彼は言わなかった。同情するだけで何もしない村の人たちとは違う。

晶緋の前に、差し伸べられた掌《てのひら》。

なぜか、躊躇《ちゅうちょ》する気持ちは起こらなかった。

初めて会った人なのに。

一度はヴァンパイアとも疑うほどに、不思議で恐ろしげにも見えた人なのに。

晶緋への対応は紳士的だった。コートをひるがえす所作《しょさ》も優雅《ゆうが》で、全ての動作に華《はな》があり、目を奪われる。

彼の掌を取るのが、晶緋はとても自然な気がした。

「…名は?」

「…晶緋…」

彼の掌に、晶緋は己のものを乗せる。

「あぅ…っ…」

強靭な力が晶緋の身体を引き上げようとして、…晶緋は苦痛に顔を歪《ゆが》める。

男性は、はっと晶緋の足に目線を落とした。

そこには、弟を庇って、腫れ上がった足首がある。

力強い腕が、迷わず晶緋を抱き上げる。

上品な紳士という印象のうえに、意外な程彼はたのもしく、易々《やすやす》と晶緋の身体を抱き上げてみせる。頬《ほお》に固い胸板の感触がした。

「あの、弟を…先に」

弱い弟を助けるのは、晶緋の義務だった。それが、晶緋の存在価値でもあった。
そして、愛されるべき性質の弟を、周囲はいつも晶緋より優先させる。
なのに目の前の男性は、初めて、弟よりも先に、晶緋に腕を伸ばしたのだ。
「怪我《けが》が酷《ひど》いのはお前のほうだろう。今、弟も助けてやる」
男性は、さも当然のことのように言った。
そんな人は初めてだった。
守る立場でしかなかった晶緋を、初めて守ろうとする腕と、頬に触れる胸の逞しさ。
彼の存在は、強烈に晶緋の胸に入り込んだ。
晶緋の頬が無意識のうちに赤らむ。胸の鼓動《こどう》が速まるのを、晶緋は感じた。
そして。

…その人は、その日から、晶緋の庇護者《ひごしゃ》になった。

1章

首筋に、突き立てられる刃《やいば》——。

黒の森の入り口で、男は口元に笑みを浮かべながら、倒れ込む人間の首筋に口唇《くちびる》を寄せる。

舌先で紅《あか》く滴《したた》るものを舐《な》め取ると、恍惚《こうこつ》とした表情を浮かべる。

零《こぼ》れ落ちるもので、土が紅く染まっていく。

倒れた人間は、ピクリとも動かない。

そして、立ち上がった男の姿は、霧の中に溶けていく。

二度と、振り向かずに。

「アレイスト様、…恐れ入りますが、首元を」

晶緋《あきひ》はアレイストの正面に立った。

シルクのネクタイを取り、彼の首元に手を回す。

彼との距離が一番近くなる瞬間だ。

まるで吐息が触れそうになる距離に、晶緋の心が妖《あや》しくざわめく。

けれど、それを表情には一切見せない。

晶緋は冷静に、あくまでも職務を忠実に務めるよう振る舞う。

首元に絡ませると、結び目を作っていく。

アレイストの前に晶緋が立てば、体格の差は歴然としている。

華奢と言われることが多い晶緋と、男らしい体躯のアレイスト。

晶緋も決して背が低いほうではないが、晶緋の背は彼の目元までしか届かない。

一日の始まり、彼の身支度《みじたく》を整えるのは、晶緋の仕事だ。

晶緋が森で救われてから、数年の月日が経っていた。出会った時はまだ十《とお》だった晶緋も、間もなく二十歳《はたち》を迎える。

（……）

さっきシャツの上から触れた、彼の肉の固さが、まだ指先に残っている。

触れるたび、じん…と痺《しび》れるような感覚を、晶緋にもたらした。

その感覚が、肌を伝わり胸に流れ込み、鼓動を速める。

いけない。

それを、さとられては。

彼の肌に触れる役目をもらっておきながら、そのたびに胸を甘く震わせているなど。

アレイストは、シルクの光沢のあるシャツに、ブラックのスーツというういでたちだ。自然なスタイルに整えられた黒髪は濡れているかのように艶やかだ。

強靭な黒のオーラを、目の前の「主人」からは感じる。相変わらず紳士として申し分のない、魅力的な男だ。

晶緋も、黒い艶やかな上着に、身を包んでいた。

中にはグレーのベストを着込み、細身のシルエットのスラックスを身につけ、咽喉元までネクタイを締めた隙のない姿だ。

控え目な白いボウタイ、そして、品があって華美《かび》にならないホワイトパールのネクタイピン。台はプラチナだ。そして、袖口《そでぐち》には、同じ素材のカフス。

すべて、アレイストに身につけるよう指示されたものだ。

艶めいた気品ある美しさを感じさせる。

加えて落ち着きのある物腰は、晶緋を年令よりも大人びて見せていた。

二人が立ち並ぶ姿を見た者の目には、まるで一対の絵のように、印象的に映るだろう。

器用な手つきで、晶緋は彼のネクタイを結ぶ。

妻が夫のためにするような仕草、けれど、二人の関係はそれではない。

けぶるような睫毛《まつげ》が伏せられる様を、アレイストは強い眼光とともに見つめている。

見つめられるたび、晶緋は落ちつかない気持ちを味わわされる。

「やはり、お前の肌の色には、真珠が合うな」

「あ…っ」

ネクタイを結び終えると、ふいに、アレイストが晶緋の手首を掴《つか》み取った。

柔らかい光を放つ乳白色の宝石は、華美に煌《きらめ》く宝石よりも、晶緋の陶器のようなしっとりとした肌には合う。

「アレイスト様…」

彼の掴んだ手首は外れない。

自分の主人の意図が分からず、晶緋は深い困惑に突き落とされる。

似合うと言いながら、アレイストの表情には満足げな感情も何も浮かんではいない。ただ単に事実を述べるだけのような口調だ。

褒められているのか、それとも、自分がこのように着飾ることで主人を喜ばせることができているのか、それが晶緋はよく分からない。

元来アレイストは寡黙《かもく》で、滅多に感情を表すことはない。

横柄《おうへい》にいばり散らす主人よりはよほどいいが、もうずっと長く一緒に暮らしているのに、彼が何を考えているのか、晶緋は未《いま》だに掴《つか》めないでいる。

「私には…このような由緒《ゆいしょ》ある高級な品は、もったいなく存じます…」

「似合うべきところにつけられるのが、物にとっても一番喜ばしいことだろう。違うのか？」

似合うというのなら、優美な紳士といった外見のアレイストの方がよほど似つかわしい。出会った頃から、アレイストの外見は殆《ほとん》ど変わらない。相変わらずため息が出るほど魅力的で、晶緋は自分の主人を誇らしく思う。

そして、彼のそばに立てば、幼かったあの日、彼に抱き上げられた時の気持ちを忘れるどころか、より一層思い出し、胸の高鳴りを覚えるのだ。

手首を掴まれたまま、二人の距離が一層近くなる。

見つめてくる瞳が間近《まぢか》に寄せられたような気がする。

…彼が触れた部分から、胸の鼓動の速さを悟《さと》られてしまいそうで、晶緋は慌《あわ》てて、さりげなく瞳を逸らした。

その反応を見ると、アレイストは手首を離していく…。

手首では、大粒の真珠が美しく輝いている。

晶緋が身につけるものは、屋敷内に伝わる、歴史ある品ばかりだ。

繊細な細工は今の世の中では、再現できる職人もおいそれとはいないだろう。

なのに、アレイストはことあるごとに、晶緋にそれらの品を分け与えた。

男なのだから飾り立てる必要などないと思っても、主人の命令に晶緋は逆らえない。

似合うべきところ、アレイストがそう言っても、晶緋にはその言葉が耳慣れない。

自分は、彼に従事する、一介《いっかい》の執事だからだ。


晶緋を森で抱き上げた男性の名は、アレイストといい、晶緋たちが住んでいた村から程近い場所に、居城《きょじょう》を構えている人物だった。

彼の先祖は元領主としてこの地を治め、村人からも一目《いちもく》置かれた存在であったらしい。

名ばかりだとは言いながらも、村人たちは敬意を込めてアレイストを伯爵《はくしゃく》と呼ぶ。

アレイストは、晶緋と刻《きざむ》に、食事と寝る場所と住む場所…居場所を与えた。

弟の刻は今、学校の寄宿舎に入っており、この城にはいない。

学費や食費を賄い、縁もゆかりもない他人を住まわせる。晶緋は図々《ずうずう》しくそれを享受《きょうじゅ》するつもりはなかった。

育ててもらった恩と、弟の学費のために、街で働くことを望んだ時、アレイストは晶緋にこの城から出る事を許さなかった。

どうしても働きたいと望む晶緋に、いつもは滅多に感情を出さないアレイストは珍しく困惑したかのような表情を見せた。そして不承不承《ふしょうぶしょう》承諾しながら与えたのが、この城で働く役目、「執事」だったのだ。屋敷内の管理全般、そして主人の身の回りの世話などが、業務に含まれる。

直接主人の身体に触れることが許される重要な役割は、執事を置いて他にはないのだとアレイスト本人に説明されたのは、こうして彼の着替えを手伝うよう命じられた時だ。

今までにないほど近づくことを許される立場を与えられ、吐息が混ざり合うような瞬間を、毎日のように甘受《かんじゅ》する。

そのような重要な役割が自分に務まるとは思わなかったが、晶緋なりに努力して、その役目を務めている。

屋敷の管理とはいえ、仕事はさほど忙しいものでもない。この屋敷には晶緋やアレイストと同じ漆黒の髪を持ち、切れ長の瞳が印象的な青年のシェフと、メイドのように清掃全般を担当する金色の髪の少年、そして大きなドーベルマンと金の毛並みの猫しかいないのだ。

少しでも、アレイスト様のお役に立てれば。

いつもそう思って、晶緋は彼に仕えている。

「このような高価なものばかり頂いていては、何のためにお仕えしているのか、分からなくなってしまいます」

遠慮がちに、晶緋は申し出る。

働く以上に十二分な物を、アレイストは晶緋に日常的に与えている。

「私が好きでやっていることだ」

「…上着を」

ネクタイを結び終えると、広い背に上着を着せ掛ける。

こうして主人の身支度を整えると、晶緋はダイニングへ向かう。

重厚《じゅうこう》な歴史あるダイニングに、二十人掛けのテーブル。しかし、その席に着くのは、アレイストただ一人だ。

晶緋は分《ぶ》を弁《わきま》え、彼の背後に控える。

「お前も席に着けばいい」

「いえ、そのようなわけには参りません。執事が主人と同じ席に着くなど」

丁寧な態度、慇懃《いんぎん》な口調、それは従僕《じゅうぼく》が主人に向けるものに他ならない。

晶緋は自分の職務を全うしようとする。

それは、自分の職務を忠実にこなすことが、自分のこの場所での存在価値であり、意義だと、晶緋は信じているからだ。

そうでなければ、アレイストのそばにいられる理由がない。

「…ありえないことです」

頑《かたく》なな態度に、アレイストの双眸がすい…っと細められたような気がした。

彼のためにお茶を入れ、食事の給仕をする。

一通り落ち着いた後、晶緋は控え目に声を掛けた。

「今日の予定を申し上げてよろしいですか?」

「…話せ」

「はい。本日午後九時、クリストファー・レンフィールド様が、お着きになられます。お出迎えの準備はできております」

「そういえば、今日だったな」

アレイストの低く深みのある声は、鼓膜《こまく》を通り肌を震わせるほどに魅力的だ。

紳士的な風貌と、顔立ち、気品のある仕草…上質な大人の男だった。

誰よりも人を惹きつける魅力を持ちながら、滅多に人に会おうとはしない。

それが、今日に限って親戚が来るのだと最初に告げられたときは、晶緋は密《ひそ》かな驚きを覚えたものだ。

アレイストは不思議な人物だった。共に暮らしていても、謎は多い。だが…。

今、目の前にいる彼が、晶緋の知る彼だ。

そしてその男性を、晶緋は心から慕《した》い、尊敬している。

森の中で、見捨てず拾ってくれた彼を、晶緋は…幼い頃から…ずっと。

「それと…」

一瞬の躊躇の後に、晶緋は告げる。

「どうした？」

迷いを浮かべる晶緋に、アレイストは続けるよう促《うなが》す。

「警察から連絡がありました。最近この近辺で、殺人事件が発生しているそうです。しかも…連続で」

「そうか」

殺人事件だというのに、アレイストは興味はなさそうだった。

「ただ、その死体には首筋に切り裂かれた傷があり、血が抜き取られていたとか」

カップを持つアレイストの手が止まった。

たまに浮かぶ疑問、けれど晶緋の想像する、あの存在…ヴァンパイアがするような行為を、晶緋はされたことはない。

たとえアレイストがこの森に住んでいたとしても、伝説はあくまで伝説、ヴァンパイアとは何の関係もない。

深夜、森の中にいた晶緋を見つけ出し、月もない晩に迷いもせず、城へと連れ帰る道を選んだ。

初めて見た姿は、まるでヴァンパイアのように、晶緋の目に映ったものだ。

目の前の男性が、血の生贄として人間を扱う、そんな存在であるはずがないと…。

『私と来るか？』

そう言って差し伸べられた掌。その時、彼の存在は晶緋にとって絶対的なものとなった。

彼を見つめる晶緋の瞳に、懐《なつ》かしさが過《よ》ぎる。

そして、その掌の感触は、想い出すたびに甘い感慨を、晶緋の胸にもたらした。

だから、彼のそばにいるために、役に立てるよう仕事を全うするのだと、晶緋は心に誓っていた。

ヴァンパイアなどというものがこの世にいるわけがないとは、晶緋も思う。

それを信じるほど、もう自分は幼くない。

だが万一、その恐ろしげなものが、この世に存在するとしたら……？

そして、目の前の主人が、そのようなものだとしたら。

たとえ、それでもきっと、自分の気持ちは変わらない。

彼が何者でもいい。

浮かぶ気持ちを自覚するたび、晶緋の胸が音を立てる。

「ここも気をつけるようにと、警察から連絡がありました。どうかアレイスト様もお気をつけて」

晶緋は主人を気遣う。

男らしく強靭な彼に、その心配は無用とは思ったけれど。

「それと、弟が、本日寄宿舎から戻って参ります」

刻が寄宿舎から戻ってくることに、晶緋は不安を覚える。

殺人事件の犯人はまだ捕まってはいない。そんな危険な場所に、刻が戻ってきてもいいものだろうか。

今週末、刻は成人を迎える。この地方では十八歳で、成人とみなされる。

刻の誕生日は晶緋の誕生日の前日だ。刻の成人を祝った翌日、晶緋は二十歳になる。

偶然二人は近い日にちに生まれた。だから幼いころから一緒に祝ってきた。

大切な弟の成人を、寄宿舎から遠く離れたこの地で、ささやかに祝おうとしていたが、弟は休暇を利用して帰ってくると言うのだ。

「期末考査が終わったため、来週までこちらに滞在すると」

「…来週まで？」

（……？）

なぜか、アレイストが眉《まゆ》をひそめたような気がした。

弟が来ることに、何か不都合があるのだろうか。

「今日はずいぶん、この城にいる人数が多くなるな」

「…ええ」

頷《うなず》きながら、アレイストの背後に立ったまま、晶緋はその広い背を見つめた。

主人に、主人としてという以上の気持ちを抱いていると気づいたのは、助けるために差し伸べられた手を、取ったときからかもしれない。

弟ではなく、初めて晶緋を優先してくれた存在。

だが、その気持ちを伝えることはない。

自分が彼にどんな気持ちを抱いているかを知られてしまえば、アレイストは自分をそばに置いたりはしないだろう。絶対に。

触れる指先に、じわりとした甘さを感じていることを。

彼に直接触れることのできる役目に、どれほど心高鳴らせているか、そして、胸を痛めているかも。

気持ちを抑え、気づかれぬように振る舞う。そうすればずっと、彼のそばにいられる。

晶緋はそう、信じて疑わなかった。


「久しぶり、兄さん」

夕刻、ほどなくして弟が寄宿舎から戻ってきた。

「元気にしてた?」

ホールで出迎えた晶緋を見て、嬉しそうに微笑む刻に、晶緋は微笑み返す。

高校生になった刻は、可愛らしく成長した。

十七には見えない童顔は愛らしく、何より無邪気で人懐こい性質は、誰にでも愛される。

人見知りの晶緋とは、対照的だった。

刻が成人の誕生日を迎えるのは、明日だ。

「祝ってくれる恋人はいないのか？」

「だから、寂しくて戻ってきたんじゃないか。寂しい俺を、兄さんが祝ってくれるんだろう？」

そう言って、刻は笑った。

恋人はいないのかもしれないが、明るい性格の彼は、学校では友人も多く、皆に好かれているらしい。

寄宿舎に残れば幾らでも、刻の誕生日を祝ってくれる相手はいるだろう。

「そういう兄さんこそ、自分の誕生日を祝ってくれる恋人はいないの？」

「別に関係ないだろう、お前には」

「ほら、自分だっていないくせに」

生意気な物言いをする刻を軽くいなすと、晶緋は言った。

「荷物を置いたら、まずはアレイスト様に挨拶をしてきなさい」

「うん」

刻が素直に頷く。

「学校であったこととか、話してくるよ」

「あまり迷惑を掛けないようにね」

「そんなに気にしなくても、大丈夫だよ」

「でも」

「やっぱり仕事柄、そういうのって気になる？　でもアレイスト様は、兄さんが働きたいって強く言わなければ、今の仕事だって、無理にさせなかったと思うよ。俺たちにとっては保護者みたいなものじゃないか。遠慮しすぎだよ、兄さんは」

人懐こい性質の弟は、アレイストにも素直に甘えて接する。

「それにしても、そのカフスやネクタイピン、全部アレイスト様から頂いたの？」

「ああ」

「前見たのとまた違うね。僕の誕生日にだって、そんな高価なもの、もらったことないよ。綺麗《きれい》で兄さんに、よく映《は》える」

困惑気味に晶緋は眉を寄せる。

なぜ、一介の執事である自分に、このような高価なものを与え、着飾らせるような真似《まね》をするのか。

そして、そばに置き、あまり外に出さないようにするのか。

愛らしい弟のような外見なら、真珠も似合いもするだろうが、それより数段落ち着いて大人びた自分のような外見に、似合うとは思えない。

身体つきもしなやかな少年らしさを残した弟とは、晶緋は違う。

「プレゼントをねだるようなことはしちゃ駄目《だめ》だよ」

「分かってるよ」

子供にするような忠告に、刻は肩を竦《すく》めてみせる。

「兄さんからのプレゼントを、楽しみにしてるからさ」

刻はそう言って片目をつぶってみせた。

「戻ったのか？」

二人の話し声に気付き、アレイストが部屋から出てきたのだろう。

「アレイスト様…！」

物怖《ものお》じしない態度で、刻がアレイストに駆け寄る。

騒がしかったかと晶緋は慌てるのに、刻に遠慮は見られない。

「疲れているだろう。ゆっくり休めばいい。食事はどうする？　今日は私の友人が訪れる。何なら同席しても構わないが」

「それは、ご迷惑では」

頷こうとする刻を遮《さえぎ》り、晶緋は遠慮がちに申し出る。

「いいじゃないか。せっかくアレイスト様がいいって言ってくれてるんだし」

滅多に訪れないアレイストの友人に、刻は興味をそそられたようだ。

晶緋の制止を振り切り、夕食に参加することを決めたらしい。

「お前も」

「はい。…給仕させていただきます」

参加を促すアレイストに、晶緋は答えた。

もしかしたら、アレイストの言葉は、晶緋にも一緒にテーブルに着くよう、促すものだったのかもしれない。

けれど、それは晶緋にはできない。

弟の立場は学生であっても、晶緋は、アレイストの執事だからだ。

晶緋はいつも、アレイストには一歩引き下がった態度で接する。

それは執事になる前から、変わらない。

助けてもらったという立場と、弟までもすべて援助してもらっているという遠慮が、晶緋に控え目な態度を取らせた。

同じ兄弟でありながら、アレイストに対する二人の態度はまるで違う。

要領がよく、甘えることが上手で、アレイストに遠慮なく振る舞う弟と、あくまで使用人の一人としてアレイストに仕える立場を崩さない晶緋と。

「アレイスト様、聞いてください。この間学校で」

「お茶を淹《い》れて参ります」

長くなりそうな刻の話につき合わされるアレイストのために、晶緋は言った。

「晶緋、お前も久しぶりに話を聞きたいんじゃないのか？」

アレイストが晶緋を呼び止める。

「いえ、後にさせていただきます」

晶緋は主人に親しげに話し掛けることはしない。

ましてや、同じ席で歓談《かんだん》など、できるものではない。

アレイストに対し一線を引いた態度は、執事という職についてから、ますます強まったような気がする。

自分が職務に忠実であろうとするのは、アレイストの役に立ちたいからだ。

そして、晶緋自身が、…彼のそばにずっといたいから。

なのになぜか、アレイストの顔は苦々しく歪められる。

「失礼…いたします」

不興《ふきょう》を買ったかと不安になりながらも、晶緋は深く頭を下げると、二人に背を向けた。


もうすぐ、アレイストの友人が到着する。

広々としたダイニングテーブルに、カトラリーとグラスを整然と並べ、晶緋は自らの役目を果たしていた。

テーブルフラワーを飾り、磨き抜いた食器を置き、ワインをデキャンタに移す。

もてなしの準備に不備があれば、それは主人の恥になる。

(何か、足りないものはあるだろうか)

一通り客人の好みは聞いてはいるものの、このような準備を滅多にしたことがない晶緋は慣れない。

「準備は?」

これで良いのか尋ねようと思っていたが、その前にアレイストが先にダイニングに入ってきた。

「整いました。今、何か足りないものはないか、お尋ねしようとしていたところです」

テーブルの上を、ちらりとアレイストが見やる。

もてなす準備自体には、興味はなさそうだった。

そこには、客人とその連れ、そしてアレイストと刻の分がセッティングされていた。

晶緋の分はない。

「食前酒《アペリティフ》は？」

「ワインやシャンパンを各種、用意してあります。他にもスコッチや、ウォッカなども」

「食後酒《ディジェスティフ》は？」

客人はかなり酒に強い性質なのだろうか。

「何かブランデーは？」

「いえ」

アレイストがあまり甘い酒を好まないから、普段はブランデーの類《たぐい》を用意していない。

晶緋は青ざめる。

「申し訳ありません。私の管理が行き届きませんでした」

「いや、いい。尋ねただけだ」

アレイストは晶緋の不備を責めようとはしない。

「まだ街の店は開いているはずです。クリストファー様のご到着まで、時間はありますので、すぐに購入して参ります」

「いや、いい」

「ですが、それではアレイスト様にもてなしがなってないと恥をかかせてしまいますから」

自分のせいで。

それは絶対に避けたいことだ。

「失礼いたします」

背を向けて外に出ようとする晶緋の腕を、アレイストは掴む。

「アレイスト様…！」

ぐい…っと引き寄せられ、晶緋は驚く。

正面に向き直らされ、引き止めようとしたアレイストの腕が、晶緋の細い腰に回った。

「すぐに戻りますから」

それでも、主人のためにもう一度出掛けようとすると、強くアレイストの胸に引き戻される。

まるで、抱き締められるかのような体勢になる。

（あ…っ！）

しかも、抱き寄せたアレイストの腕に、力が込められたような気がしたのだ。

晶緋は驚いて、頭上の顔を見上げた。紳士的な仕草なのに、アレイストの力は思いの外《ほか》力強い。

「このような時刻に外出するな」

「まだ、遅い時間でもありませんのに」

腕に込められる力に、晶緋は息を喘《あえ》がせた。

物取り、強盗、危険があるとは思えない。

それに元より、アレイストは晶緋をあまり外に出したがらない。

執事という仕事をさせたのも、もっぱら邸内で行える仕事だからだ。

…なぜだろうか。

アレイストの感情は分かりづらい。心配そうな表情は見られない。

ただいつも冷静に、半端《はんぱ》な命を下すだけだ。

「お前のような者が外に出れば…いや」

自覚を促すように、晶緋の容姿にアレイストの視線が落ちる。

アレイストに与えられた装飾品、それらの高価な品に目を付けられるかもしれないと、晶緋は思い当たる。

「あの、これらは外し、着替えて参りますが…」

晶緋が袖口のカフスに触れながら言えば、アレイストは困ったように一瞬押し黙る。

「殺人事件の犯人が掴まっていないから注意するように言ったのは、お前だろう?」

晶緋がなぜ引き止めるのか分からないと言いたげな表情を浮かべると、アレイストは仕方なさそうに言った。

(あ…)

もしかして、心配してくれたのだろうか。

「とにかく、あまり外には出るな」

「はい、…アレイスト様」

執事にとって主人の命令は絶対だ。強く命じられれば、それ以上逆らうことはできない。

晶緋が頷くと、腰に回ったアレイストの腕が、ゆっくりと…離れていく…。

銀のアイスバケツに入ったシャンパン、冷やした白ワイン、十分に酒類が用意できなかった自分を厭《いと》わしく思う。

テーブルの上の赤ワインが、妙に強く晶緋の瞳に映った。

先程のアレイストの心配する言葉と相まって、この周辺で起きている出来事を思い出す。

（血を抜かれた死体……）

ヴァンパイア。

紅い血の色のワインを見つめながら、その存在を想像している晶緋の心を見透かしたかのように、アレイストは言った。

「何を考えている？　赤ワインに血でも連想したか？」

その言葉にドキリとする。

「血を抜かれた死体が残されているという、例の殺人事件、か。ヴァンパイアが現れたとでも思ったのか？」

「いえ」

そう思っていたことを否定したかったのか、それとも、存在自体を否定したかったのかはともかく、晶緋は否定の言葉を吐く。

「血を啜《すす》ることで生きながらえる存在など、この世に存在する意義があるのか…」

唐突にヴァンパイアのことを語り出すアレイストに、晶緋は深く戸惑い、何と答えてよいのか、分からなくなる。

「人の血を啜り生きる化け物など、生きながらえても、何ら得るものも、生きる意義も価値もないのに」

そんなふうにアレイストは続けた。

まるで、彼自身がヴァンパイアであるかのような口ぶりだった。

黙ったままでいると、困惑に揺らめく晶緋の瞳を、アレイストが見つめる。

わずかの間、二人の視線が絡んだかと思うと、ふいにアレイストは瞳を逸らし、晶緋に背を向けた。

晶緋の胸がざわめく。彼の心の裡《うち》は見えない。けれど、晶緋では理解できないような深い何かを感じた。一抹《いちまつ》の寂しさを感じさせるような、暗い何かだ。

自分がそばにいてもそんな表情をさせてしまうことに、晶緋の胸は切ない痛みを覚えた。

「クリストファーが到着したら、呼ぶように。…刻も」

「はい」

アレイストは部屋を出ていく。

生きる意義。

その疑問は、そのまま晶緋に跳ね返る。

自分は何のために存在するのか、何のために生きるのか、考えたことはあるだろうか。

アレイストは、ヴァンパイアを化け物と言った。

忌《い》まわしく陰に貶《おとし》められる、闇の存在だ。

人間には疎《うと》まれ、その正体を隠しながらひっそりと生きるしかない。

もし存在するとしたら、自分はヴァンパイアを恐ろしいと思うのだろうか。

ヴァンパイアの存在を、理性は否定する。

それよりも自分の存在意義という言葉のほうが、晶緋の心を捉えていた。


夜、定刻に、クリストファーは到着した。

外に停まる車の音に気づき、晶緋は外に出て、出迎える。

滅多に人が訪れることのない屋敷に、どんな理由で彼が急に来ることになったのかは分からない。

運転していた男性がすぐに降り立つと、後部座席のドアを開ける。

男性は見事な金の髪をしており、その髪は月の光の下で輝きを放つ。

「どうぞ」

腰を深く折り、蒼《あお》い瞳を伏せながら、男性はクリストファーが降り立つのを待った。

後部座席からクリストファーが降りるのに合わせ、晶緋も深々と頭を下げる。

クリストファーは、運転手一人だけを伴《ともな》ってこの地にやって来ていた。

「ようこそ、お待ちしておりました」

後部座席から姿を現したクリストファーを見た途端、晶緋は息を呑《の》む。

彼は驚くほど綺麗な男だった。

吊り上がり気味の大きな瞳、漆黒の真っ直ぐな髪をしていた。

そして、血を啜ったかのように紅い口唇。

肌が白いからこそ、それは余計に艶めいた雰囲気を醸《かも》し出す。

年齢は晶緋とそれほど変わらないだろう。

ドレスシャツが似合う華やかさを持ち、正装に身を包んでいた。

アレイストの遠い親戚だと聞いていたが、彼らの血のなせる業《わざ》だろうか、この分だと他の親戚もきっと、相当な美丈夫に違いない。

「どうぞこちらへ」

「ああ」

晶緋が案内すると、彼は鷹揚に頷いて見せた。

まだ年若いが、生まれついた気品や威厳というものが、彼には備わっている。

入り口の階段を上り、玄関のホールに入ると、陰のように従っていた運転手の男性が、クリストファーのコートを脱がせる。

長い上着の裾が翻《ひるがえ》る。

腰が絞られたデザインのジャケットは、彼のスタイルの良さを際立たせた。

トップハットを脱ぐと、阿吽《あうん》の呼吸で男性はそれを受け取った。

男性は二十五、六といったところだろうか。背が高く、こちらも相当な美丈夫だ。

年上の男を従わせ使うのに、クリストファーには何の躊躇も見られない。

「彼がうちの執事だ。ここに滞在する間、僕が必要なものを揃《そろ》えられるよう、協力してやってくれ」

顎をしゃくるようにして、横柄に晶緋に紹介する。

何とも対極的な二人だった。

威厳を漂《ただよ》わせていながら、少年のような印象を残したクリストファーと、年齢以上の落ち着きを醸し出した青年である、彼の執事と。

闇色と金色の一対は、相反するようでありながら、それでいて不思議と調和があるように見える。

二人の間に、無言の信頼が横たわっているような気配があるからだろうか。

「クリストファー、久しぶりだな」

屋敷の階段を上ったところに、アレイストは既に姿を現し、待っていた。

「約束どおり、来たよ」

クリストファーが口唇の端を上げて笑む。

約束…ということは、二人の間には、今日何かの取り決めが、前もってなされていたのだろうか。晶緋にとっては、突然の訪問に思えたのだが。

「例の件で、ね」

何らかの目的がある口ぶりで、クリストファーが言う。

晶緋はアレイストから今回のクリストファーの訪問の理由を聞いていない。

アレイストも教えてはくれなかった。

単に旧交を温め合うといった雰囲気ではない。

「先に、用意をして参ります」

執事としての仕事をするために、晶緋が先に戻ろうとすると、背に突き刺さるような視線を感じる。

それは、クリストファーのものだったような気がする。

なぜ初対面の彼に、そんな強い眼光を向けられなければならないのか分からなくて、晶緋は困惑と不安に、胸を震わせた。


柱時計が悠久《ゆうきゅう》の時を刻む。

テーブルには、アレイスト、クリストファー、刻が着いている。

食事は殆ど済み、クリストファーは食後のリキュールのグラスに口をつけている。

クリストファーが伴った執事はヴァンという名だと紹介された。

ヴァンはクリストファーの後ろに、そして晶緋はアレイストの後ろに控えて立つ。

「刻君、だっけ。君は学生？」

クリストファーは食事中から、刻と晶緋の様子を、興味深げに交互に眺めていた。

「はい。普段は学校の寄宿舎にいるんですが、今日戻ってきたんです。その、明日、誕生日なもので」

「へえ？　誕生日なんだ」

「はい。それで、成人の祝いをしてくれると、兄が言うものですから」

刻が背後の晶緋を振り返る。

最初、晶緋も一緒に席に着くように言ったのだが、クリストファーのところの執事も同じ席に着かなかったことで、刻はそれ以上強くは言えなかった。

「兄？　じゃあ、アレイストの執事である彼は、君の兄さんなんだ」

「そうです」

「明日で成人、ね」

クリストファーの言葉には、なぜか含みが混ざっているような気がした。

リキュールを舐《な》める艶やかな紅い口唇を、晶緋は見つめる。

「それじゃ、僕からもお祝いをしなければならないな」

「本当ですか？　ありがとうございます」

刻は素直に喜んでいる。

「クリストファーさんはなんで、今日こちらにいらしたんですか？」

「僕らはね」

ふふ、と楽しそうにクリストファーは笑った。

「結婚式の立会いを頼まれて、かな」

「クリストファー」

なぜか、アレイストがたしなめるように言葉を区切る。

（……）

不思議と、あまりその話題に触れたくないような気配があった。

「立会い？　結婚式がこの近くであるんですか？」

アレイストの気配に気づかず、刻は訊ねる。

「まあ、そんなところだ」

クリストファーは思わせぶりに、刻を見やる。

「お祝いといえば先日も、僕らの友人が花嫁を迎えてね。そうそう、アレイスト。ジンを覚えているかい？　彼の花嫁を、見てきたところだよ」

「ジンが花嫁を？」

空になったアレイストのグラスにワインを注ぎながら、晶緋は二人の会話を聞く。

「ああ。成人を待って、迎えに行ったそうだ。ずいぶん、情熱的な真似をする。確かにジンが情熱を傾けるだけある可憐な花嫁だったよ。猫が当てられっぱなしで居場所がなくて、困っているらしい」

「そんなに好きな人なのに、わざわざ成人を待って、ですか？」

刻が二人の会話に口を挟む。

「ああ。うちの一族には、花嫁に迎えるのは成人してからという決まりがあってね。この国だって、十八からしか婚姻は認められないだろう？　それと同じことだ」

「そうなんですか」

「一族の立会いの元、我々一族のやり方で婚礼の儀式を執《と》り行い、正式な花嫁となる。その前からもちろん花嫁として扱われていてもいいんだけれど…」

クリストファーが考え込む素振《そぶ》りを見せながら、物言いたげな視線をアレイストに投げかける。

「昔からの友人が、花嫁を楽しみに育てていると聞いてね。間もなく成人を迎えるに当たって、立会いを頼まれてわざわざやってきたというわけだ」

「立会い、ですか。それにはアレイスト様は出席なさるんですか？」

「アレイストは立会いには、出席しないだろう」

「お二人のお知り合いじゃないんですか？」

「当人の結婚式に、当人が立会いをするわけがないと言っているだけだ」

「え…っ!?」

大仰《おおぎょう》な声をあげて驚く刻とともに、晶緋自身も心臓が凍りつくような気持ちを味わう。

「アレイスト様が結婚するんですか!?」

血の気が引く、というのはこういうことを言うのだろうか…。晶緋はそう思った。

「クリストファー、驚かせるのはよせ」

たしなめるアレイストに、クリストファーは首を竦める。

「ごめんごめん。冗談だよ」

「なんだ、冗談だったんですか」

刻はすぐに胸を撫で下ろした様子を見せると、安心したように微笑む。

「でも、アレイスト様ならそういうお話が出ていても、おかしくはないですよね」

刻は何事もなかったかのように会話を続けているが、晶緋の跳ね上がった胸の鼓動は治まらない。

確かに、アレイストほどの美丈夫ならば、今までそういう話が出ていなかったのが、おかしいくらいだ。

結婚式。

アレイストが婚姻の儀を行う…。

クリストファーは冗談だと言ったが、今後、その機会は十分ありうる。

(アレイスト様……)

背後から、彼の背を晶緋は見つめた。

彼の身支度を整える役割を与えられ、今は一番近い場所にいることを許されても、それはいつか、彼の花嫁のものになるのだ。

けれど、執事としての仕事を忠実に遂行《すいこう》している限り、その役目を奪われなければそばにいられる…。でも。

(アレイスト様が花嫁を胸に抱くのを見ても、私は平静でいられるだろうか…)

時には、花嫁を抱いた後のシーツを、替えることもあるかもしれない。

自分は主人に仕える存在でしかないが、花嫁はアレイストと対等な立場の、大切な人になる。

「それに、近くで面白い事件が発生しているというから、ついでに、ね」

「面白い事件ですか?」

晶緋はまだ、周辺で起こっている事件のことを、刻に告げてはいなかった。

代わりに、アレイストが話し出す。

「ああ、最近この周辺で、殺害事件が起こっている。殺されたのは、一人や二人じゃない。被害に遭《あ》うのは男女問わず美しいと評判の人間だそうだ」

その続きを、クリストファーが受ける。

「しかも必ずと言っていいほど、その死体は首筋に傷がつけられており、身体からは血が抜かれている」

クリストファーは足を組みかえると、椅子の肘掛《ひじかけ》に肘をつき、頬杖《ほおづえ》をしながら言った。

「面白いことになったものだと思って、やって来たんだ」

「呆れたものだ」

野次馬《やじうま》根性を詰《なじ》るように、アレイストがため息をつく。

「だとしたら、クリストファーさんなんて気をつけないと。綺麗だから」

邪気《じゃき》のない言葉を、刻は素直に告げる。

「ありがとう。でも、君も可愛らしいしね。気をつけないと。まあ、君のことはアレイストが守ってくれるとは思うけれどね」

そう言って、クリストファーが微笑んだ。

刻のことは、アレイストが守る。

その言葉を、晶緋は聞いていた。

刻と晶緋に対する、クリストファーの態度が微妙に違うのを、晶緋は敏感に感じ取る。

同じ兄弟であっても、晶緋には、クリストファーは使用人として接する。

だが、刻には、対等な立場の人間として扱おうとするかのような態度が見られた。

そのうち、クリストファーのグラスが空になる。

と、その前に、ヴァンが晶緋の元にやってきた。

「スコッチはありますか？」

「一通り、揃えてはありますが」

「では、こちらをお借りします」

彼は手際よくクリスタルのグラスに氷を用意すると、自ら運んでいく。

「ヴァン」

「…どうぞ」

執事の気配に気づいたクリストファーが振り返ると、タイミングよく執事は彼にグラスを手渡す。

クリストファーは悠然と、それを口に運んだ。クリストファーは甘めのリキュールが好みだと思っていたが、今は違ったらしい。

「クリストファー様は、いつもリキュールの後にスコッチを召し上がるんですか？」

ヴァンと呼ばれた執事に晶緋が尋ねると、彼は首を振った。

「いえ。今はスコッチを召し上がるような気がしたものですから」

主人に尋ねずとも、その望みを叶えることができるのだ。

ヴァンは優秀な執事だ。

「それにしても、今さら首を切り裂かれる殺人事件など、余計な問題を増やしてくれたものだね。アレイストに心当たりは?」

「お前は?」

逆にアレイストに尋ねられ、クリストファーは首を振った。

「ヴァンパイア退治なんて、そんなおかしなことを計画する連中も、村には現れているようだよ」

「くだらない」

アレイストが吐き捨てるように言う。

ヴァンパイアに立ち向かう研究者の名前を昔どこかで、「ヴァン」と聞いたような気がする。奇《く》しくもクリストファーのところの執事の名と同じだ。

だがそれよりも、晶緋の胸を占めるのは、先程の…アレイストの花嫁の話題だ。

アレイスト自身は滅多に人に会おうとはしないが、彼の容姿は、それを垣間見た女性によって、憧れと羨望《せんぼう》を込めて受け止められていることを、たまに下りる街の話題で知っている。

先祖が元領主だからか、いまだにこの一帯の土地はアレイストのものだ。街の市長らから、何かにつけ寄付や、パーティーへの出席を求められることも多い。特に市長は刻の通う学校の理事長を兼任し、その縁からかとりわけ資金援助を求めてくることが多かった。

アレイストは晶緋に外出を控えさせてはいるものの、重要な用事があるときは仕方なく晶緋を街に使わせた。そんなときに、晶緋は街の女性たちからアレイストのことを尋ねられたりしていたのだ。

アレイストが花嫁を迎える。

近い将来起こりうる可能性に、晶緋は胸をざわめかせていた。


深夜……。応接室からまだ部屋に戻らない主人の気配を感じながら、自室で着替えずに晶緋は待つ。刻はとっくに部屋に戻り、健《すこ》やかな寝息を立てていることだろう。

(何をそんなに話しているのだろう…)

アレイストは通常から、深夜に起きていることが多い。

晶緋は合わせる必要はないと言われていても、主人が休む前に休むわけにはいかないという使命感を抱いていた。

今日も、刻が眠そうにして寝室に向かった後、アレイストは早々に、晶緋にも休むように命じた。

(アルコールは足りているだろうか)

食事中の様子を見るに、用意しておいたワインはとっくになくなっているに違いない。

クリストファーにもヴァンという執事がついているのは分かっているが、この屋敷内を一番把握しているのは自分だ。ワインクーラーの場所、アイスピック、新しいグラスの場所…ヴァンでは分からないことも多いだろう。

やはり、自分が行かなければ。

そう思って、晶緋は自室から出ると、応接室へと向かう。

まだそこからは、薄暗い光が洩《も》れていた。

声を掛けようとして、聞こえてきた会話に、晶緋の足が止まった。

「まだ、花嫁にすると告げていなかったんだね。驚いたよ」

クリストファーがアレイストに言う。

「せっかく、君の婚姻の儀の立会いに来たのに」

その言葉は、扉の前で、晶緋のすべての動作を奪った。

（君の、婚姻の儀の立会い……？）

晶緋は自分の耳を疑った。

室内で、クリストファーが話す相手は、アレイストしか見えない。

ということは、「君」とはアレイストしかいないのだ。

ソファに深く腰掛けたクリストファーの向かい側に、アレイストの姿がある。

「成人を待って、か。さっきの会話で今日君が僕を呼んだ意味がやっと分かったよ。花嫁にするつもりで育てていたのか、彼を」

彼？　花嫁なのに、なぜ彼と呼ぶのか。

「我々の一族は性別を気にしないが、確かに、君が心を惑《まど》わせるのも分かる美貌だ。幼い頃も相当美しかったんだろう。彼をやっと、花嫁に？」

しかも、その彼、をアレイストは。

花嫁にするつもりで育てていた……？

晶緋の心臓が嫌な鼓動を打った。それは次第に速まり、壊れそうなほど波打っていく。

「ああ」

（っ!!）

アレイストは否定しない。

一体、アレイストは誰のことを、話しているのだろう。

クリストファーが、今「彼」と言っている人物のことを、アレイストは花嫁にするつもりで育てていたという。

その人を、アレイストは花嫁に迎えるのか。

「どちらにせよ、わが一族は人をそばに置くには、花嫁かしもべか、どちらかにするしかない。一人を従僕に迎え、もう一人を花嫁にするのなら丁度《ちょうど》いい」

それには、アレイストは答えない。

ある一人と、もう一人。

アレイストのそばにいる二人の存在に心当たりは、一つしかない。

アレイストが、花嫁を迎えようとしている。

晶緋が、ずっと。

——慕い続けてきた人が。

そして、その花嫁とは、おそらく…。

「成人まで待つなんて、ずいぶんと大切にしていたものだ」

クリストファーがからかうように鼻を鳴らす。

「…気持ちが育つまで、大切に待ってもいいかと、思っていた」

アレイストが呟く。彼がそんな熱い表情を見せるなど、珍しいことだ。

晶緋の胸がズキリと痛んだ。多分それほどに、彼を。

「君の花嫁を、僕は歓迎するよ」

クリストファーが祝うようにグラスを持ち上げる。

その端が光り、鋭く晶緋の胸を射抜く。

気配を殺し、晶緋はそっとその場を立ち去った。


それから、どうやって自室まで戻ってくることができたのか、晶緋は覚えてはいない。

ただ、覚えているのは、先ほどの会話だけだ。

心臓が早鐘《はやがね》を打っている。

アレイストは花嫁を迎える、とクリストファーは言っていた。

そしてその花嫁をアレイストは大切に育て、成人を待っていたのだという。

アレイストが身近に置き育て、成人を間もなく迎える人間の心当たりは一人しかいない。

先ほどの晩餐《ばんさん》での、刻が明日誕生日を迎えるという会話だ。

(…刻…)

その名を心の中で呟けば、胸が押し潰される心地がした。

心を惑わされるほどの美貌。

そして、その人を、成人まで待つほどに、大切にしていた……。

扉を完全に閉めると、背に固く冷たいものが当たる。

近い将来に起こりうる可能性に向けて耐えなければ、と心の準備を進めようとしていた矢先、こんなにも早く心打ち砕かれることが、起こるなんて。

せめて、そばにいたい。

そばにいられるように忠実に職務をこなし、必要とされて役に立てるようになりたいと。

そう思ってしていた努力が無駄になるかもしれない。もう、アレイストには必要とされないかもしれない。

それに。

『一人を従僕に向かえ、もう一人を花嫁に迎えるのなら丁度いい』

「従僕」が誰を指すかも明白だ。

彼の一族の掟《おきて》では、アレイストらのそばにいるためには、花嫁か、…しもべにしなければならないという。

「しもべ」。従僕として彼に仕える奴隷《どれい》のような存在。

今の仕事を後悔したことがなかったのは、時折、彼の思いやりを感じられるような、気がしていたからだ。

客人のための酒を買いに街へ行くという、執事としては当然のことをしようとした晶緋を、アレイストは引き止めた。

そこには、少なからず晶緋本人のことを心配する気持ちも含まれていたと、晶緋は信じたかった。

感情が分かりづらい人だけれど、仕事では決して晶緋に無理難題を押しつけたりはしない。赤の他人である晶緋たち兄弟を住まわせる、優しい人だと思っていた。

アレイストのさりげない態度の一つ一つから、彼の本質は思いやり深いのではないかと、晶緋は感じていたから。

だが、しもべという言葉には、本人の人格を完全に無視した意味合いを感じる。

ただ主人に隷属《れいぞく》し、主人の意のままに仕える…そんな存在として晶緋を扱うつもりで、そばにおいていたのだろうか。

やっと、自分と刻に向ける、クリストファーの態度の違いの意味が分かった。

もう一人は花嫁として、一族の人間であるクリストファーに対等に扱われ、そしてもう一人の晶緋は、執事どころか従僕、しもべとして、彼らの一族に扱われるのだ。

心を甘くときめかせながら着替えを手伝ったときのアレイストに触れた指先が、今は酷く冷たい。

凍りつくような想いを抱きながら、晶緋は手を握りしめた。


その晩、晶緋は夢を見た。

まだ、アレイストと出会う前のことだ。

研究に忙しかった両親は留守がちで、必然的に、刻の面倒は晶緋が見ることになった。

晶緋は小さい頃から、甘えることが苦手だった。

対照的に、弟は愛らしく人に甘えるのが上手で、天性から人に愛されるべき存在だった。

当時、喘息《ぜんそく》がちだった弟を両親は心配し、徹底的に可愛がった。

両親の心配と愛情は、常に弟のほうに向けられていた。

弟がひとたび喘息の発作を起こせば、晶緋が具合が悪くてどれほど苦しくても朝まで一人で放っておかれた。

弟のほうが症状が酷いのだから、それは仕方のないことなのだと諦めてはいたけれども。両親の愛情が弟に向けられていると感じていた晶緋は、両親の大切な刻を守る、そうすれば愛される…そんなことを肌で感じていた…。

刻を守ることが、次第に晶緋の中で、自分の存在価値になっていた。

彼を守ろうと、大切にしようと、ずっと思っていた。

だが、いつか、その役割は別の人のものになる。

それが、アレイストだとは、考えてもいなかったけれども。

しかし、優しく人懐こく、明るい刻を、アレイストが好ましく思うのは、当然のことかもしれなかった。

(きっと…刻はアレイスト様を好きになる)

まだ刻には自覚はないだろうが、アレイストに想われれば、きっと、刻もアレイストに惹かれるようになる。

その時、自分は彼らの幸せを祈り、祝福しなければならない。

(私は刻の幸せを、ずっと願ってきたのだから…)

胸の痛みを、晶緋は必死で誤魔化《ごまか》そうとする。

弟をまず第一に考えてきた晶緋にとって、初めて自分を真っ先に気遣い、抱き上げてくれた腕は、特別なものになっていた。

初めて、晶緋本人を認めてくれた、腕。

（その人に、誠心誠意、仕えようと…そう思って…）

弟が成長し、晶緋の手を必要としなくなり、寄宿舎へと入ったとき、晶緋はぽっかりとした空虚さを感じた。

そんな晶緋に、彼に仕えるという存在価値を、アレイストは与えてくれたのだ。

だから、執事という仕事は、晶緋の中で大切だった。

あまり両親からも愛された記憶のなかった晶緋に、存在意義を与えてくれたから。

ここに、アレイストのそばに、いてもいいのだと…。

でも、アレイストが刻を選んだのだとしたら、自分はこれからどうすればいいのだろう。

『お母さんたちは刻を連れて病院に泊まるけれど、晶緋は一人でも平気ね』

『うん、大丈夫。お母さん』

これは、弟が喘息の発作を起こしたときのこと。

本当は、静まり返った部屋に一人ぼっちは恐ろしかった。

『晶緋、あなたがついていていながら、どうしてちゃんと見ていなかったの？』

これは、一緒に遊んでいて、刻が誤って川に落ちたとき。

刻を助けるために晶緋も川に飛び込み、濡れそぼっていた。

晶緋を責める言葉ばかりが胸を突き刺す。

これは夢？　それとも…。また昔のように、刻のことを一番に考えなきゃならないの？

両親の晶緋への愛情は、人並みにあったと思う。

ただ、弟へ注がれる愛情のほうが多いと晶緋が感じていただけで。

可愛いらしく素直な弟を、皆が大切にするのは当然のことだと思っていた。

自分と比較するべくもなく、そう、受け入れていた。

けれど。

『怪我が酷いのはお前のほうだろう？』

刻のことを第一に考えていた晶緋が、当然のことのように「傷ついた刻を先に助けて欲しい」と告げたとき、あの人は刻ではなく晶緋に手を伸ばしてくれた。

そのとき初めて、晶緋は自分に差し伸べられる温かい手があることを、知ったのだ。

彼の腕に抱き上げられ、見上げた彼の横顔は美麗で、その顔は、晶緋の心を今までにないほど強く揺さぶった。

温かい掌。この掌にずっと包まれていてもいいの…？

幸せな、幸せな、これは…夢。

夢の中で、自分を救い上げた掌が、遠ざかっていく。


翌朝、重い頭と共に、晶緋は目覚めた。

傍《かたわ》らの時計を眺めると、昼をとうに回っている。

(なんてことを…!)

アレイストがあまり朝から活動する生活をしていないとはいえ、これは通常のアレイストの身支度を整える時間よりもさらに一刻は遅い。

心からの焦りを覚える。今までにこのような失態は、一度もなかったことだ。

しかも今は客人を迎えている。

なのに、客人をもてなす用意どころか、寝過ごしてしまうなんて。

招待主である主人の顔に泥《どろ》を塗るような真似をするなど、許されることではない。

晶緋は慌てて自らの身支度を整えると、すぐにアレイストの寝室へ向かう。

アレイストの姿は既になかった。

寝室を出てダイニングに向かうと、テーブルには既に食事を済ませた後があり、ヴァンがそれを片づけていた。

「申し訳ありません、あの…っ」

「かまいません」

「申し訳ありません。何か不都合は？」

ヴァンの心遣いに心からの謝罪を述べる。

「特にありませんよ。こちらは大方片づけ終わりましたから、もう大丈夫です。私こそ勝手に色々と使わせていただきまして、申し訳ありません」

有能な彼にとって、他家であっても主人に不都合のない食事の給仕などお手のものなのだろう。

「刻様が空腹を訴えられたことと、アレイスト様からあなたを休ませておくようにとの指示があったものですから」

「アレイスト様が？」

「一度、心配されて様子を窺《うかが》いに行かれましたが、ぐっすり眠っていたとおっしゃっていて」

様子を見に来たことなど、気づかなかった。

「今までに寝過ごしたことなど一度もないから、よほど疲れてるのだろうと、心配されていましたよ。アレイスト様は図書室に向かわれました。お身体が大丈夫のようならアレイスト様にまず、ご報告に行かれては？　きっと、ご心配されていると思います」

「分かりました。申し訳ありません」

頭を下げると、晶緋はすぐに言われた場所に向かう。

屋敷の隅《すみ》、図書室の奥に、アレイストの姿はあった。

身支度は既に整えられている。

晶緋に執事の職を与え、身支度を命じるまでは、元々アレイストは他人の手を必要とはしていなかった。

「も、申し訳ございません…！」

息を切るようにして現れた晶緋に、アレイストはすぐに歩み寄る。

「あ…っ」

アレイストが指先を伸ばした先は、晶緋の頬だった。

「目が紅い。眠れなかったのか？」

指先が、長い睫毛《まつげ》に触れる。

「いえ」

それは嘘だ。

昨晩《ゆうべ》、自分がどのように着替え、どのようにベッドに入ったのか、晶緋は覚えてはいない。ベッドに入ってからも眠れぬ時間を過ごし、刻のことで壊れそうな胸をずっと抑えつけていた。

やっと夢を見るほどの浅い眠りにつくことができたのは、辺りがうっすらと白んでからだったようにも思う。

その夢すら、現実から晶緋を解放してはくれなかった。

(せめて、夢の中では忘れられれば…よかったのに)

アレイストが晶緋を選ぶような、幸せな夢を。

「顔色がずいぶん悪い。やはりどこか具合でも悪いのか？」

「いえ、それは…この場所のせいです」

この部屋は、本が焼けないように光が差さない作りになっている。

元よりこの屋敷全体が、古い石造りの城だということもあるが、全体が強固な要塞《ようさい》の意味を持って建てられたせいか、侵入者を防ぐために、窓はどこも小さく作られ、日中でも薄暗い。

「違うだろう？」

アレイストは晶緋の嘘をすぐに見抜いた。

Half

「具合が悪いのなら、休むがいい」

「いえ、働けます」

晶緋はきっぱりと言った。

「今日は、申し訳ありませんでした。すぐに、邸内の見回りに」

屋敷内の見回り、庭の確認など、日中に済ませておかなければならないことは山とある。

「必要ない。お前がいなくても、メイドもクリストファーのところの執事もいる」

その言葉は、晶緋の胸に突き刺さる。

アレイストは何気なく言った言葉かもしれない。

だが、自分がいなくてもいいのだと…。そう、晶緋には聞こえた。

寝過ごすという一度のミス、けれどそれはもしかして。

(私に、この場所で働く価値がないと、お考えになったのか…?)

働く価値がないという烙印《らくいん》をアレイストに押される、いらない人間だとアレイストに思われることは、何よりつらい。

「いえ、すぐに参ります」

「休めと言っている!」

「あ…っ!」

アレイストが焦《じ》れたように晶緋の身体を抱き上げる。

「アレイスト様…っ！」

アレイストの力は強靭だった。

晶緋を軽々と抱き上げ、晶緋が突っぱねようとしてもびくともしない。

そのまま、自室へと運ばれてしまう。

「大丈夫です。ですから、どうかお離しください…！」

必死だった。

片手で扉を開くと、アレイストは晶緋をベッドへと下ろした。

「仕事に、戻らせてください…」

いらないと思われたくない一心で、晶緋は立ち上がろうとする。

すると、アレイストは苛立《いらだ》つように晶緋の上着に手を掛けた。

「こうすれば、もう部屋から出られはしないだろう」

するりと上着を肩から下ろし、剥《は》ぎ取ってしまう。

「何をなさるのですか…っ」

シルクのシャツのボタンに、男らしい骨太の指先が掛かる。

そして、前をはだけてしまう。

シャツまでをも、肩から引き剥がされてしまう。

真珠のような光沢を放つ、柔らかで滑《なめ》らかな肌が、アレイストの眼前に晒《さら》される。

「ア、アレイスト様…っ」

羞恥《しゅうち》に、晶緋の頬が赤く染まった。今までにこのような振る舞いなどされたことはない。

上半身にまとう布のすべてを奪われずに済んだのは、アレイスト自身が与えた真珠のカフスのせいだ。それが手首に掛かり、晶緋の身に布を留めている。

傷一つない、沁《し》みもない滑らかな肌…。唯一赤く色づくのは、胸にある突起だ。

「あ…っ!!」

手首にシャツを絡みつけたまま、無防備な姿を晒す晶緋の肢体を、アレイストはベッドへと押し倒す。

細い身体が、シーツの上で柔らかく跳《は》ねた。

(何を…っ!?)

アレイストの身体が晶緋に覆いかぶさってくる。

(や、やめ…っ)

首筋にアレイストの口唇が埋まりそうになり、晶緋は目を見開く。

吐息が、首筋に当たる。

（…あ）

ビクンと晶緋の背がしなる。

今までに経験したことのない何かが、背筋を熱く這《は》い上がったような気がした。

意図が分からず、困惑と恐れが、咽喉元にまで突き上げる。

自分は主人の不興を買うような真似をしたのだ。

休めという思いやりを無にし、命令に従わなかった。

このようにアレイストが感情を表すことなど、ありえなかった。

それほどに、怒らせてしまったのだろうか。

恐怖に肌を戦慄《わなな》かせていると、ふ…っと自分に乗り上げていた体重が軽くなる。

代わりに、バサリ、とシーツが晶緋の身体の上に被せられた。

「…暫《しばら》く休め」

静かな口調で言い放つと、アレイストは部屋を出ていった。

後に残されたのは、しわくちゃのシャツと、床に落とされた上着だけだ。

…今さら、新しいものに着替えて、外に向かう気力もなかった。

アレイストに言われたとおり、ベッドに身を横たえ、シーツに身体を包む。

アレイストの消えていった扉を見ながら、そ…っと晶緋は首筋に指先を触れさせる。

先ほど触れた吐息の熱さが、首筋に残っている。

それはいまだ痺れたままだ。

恐ろしげな気配すら感じたのに、手首を押さえつける力は強く、痺れた感触は全身に広がり、晶緋の身体を火照《ほて》らせていく。

重ねられた身体…。主人を、晶緋は男として意識した。

まるで、口づけるかのように首筋に触れた吐息は、身体の芯に灯った感覚は、一体何だったのだろう。アレイストの薄い気品ある口唇が、自分に触れそうになったのかと思うと、胸の鼓動は速くなる一方だ。

冷めやらぬ興奮を打ち払うよう、晶緋は硬く目を閉じた。


一人部屋に残され、晶緋はぼんやりと天井を見つめる。

室内は次第に薄暗くなっていく。

昨晩よく眠れなかった身体を横たえているというのに、眠りは一向に訪れない。

それどころか、火照ったままの身体も治まる様子がない。

自分の身体は一体、どうしてしまったのだろう。

認めたくはないが、恥ずかしいのは、首筋にじわりと残る痺れが甘く熱く身体を疼かせることだ。その得体の知れない何かは、下肢に流れ込み、淫猥《いんわい》な刺激を植えつけた。

最初、晶緋は酷く戸惑った。元々、晶緋はそれほど欲求が強いほうではない。

自慰《じい》はそれなりに済ませることはあっても、欲望にこれほどに強い渇《かわ》きを覚えたのは、初めてだった。

自分の肌を見下ろした、先ほどの強い眼光。その視線を思い出すだけで、肌を暴《あば》かれるような錯覚に陥る。

火照る身体をもてあまし、ベッドの上でどうしていいか、分からなくなる。

「ん…っ…」

零《こぼ》れる吐息が、熱い。掠《かす》れた語尾は、淫靡《いんび》な官能を滲《にじ》ませている。

仕方なく、晶緋は自らの下肢にそろそろと掌を伸ばした。

ファスナーを下ろし、恐る恐る欲望を引きずり出す。

既に肉茎は硬く芯を持っていた。

(熱い……)

掌で包み込むと、肉根をゆっくりと揉《も》みしだいていく。

「あ、…んん…っ」

声が、零れた。

単なる自慰に、ここまで感じるなど珍しい。

今までの晶緋にとってこの行為は、単に欲望を処理する意味しかもたなかった。

くちゅ…っと音がする。

はしたない部分は、先走りの蜜を洩《も》らしてしまったらしい。

浅ましい真似をと思いながらも、指の動きは止まらない。

晶緋の目の前を過《よ》ぎるのは、自分を見下ろしたアレイストの鋭い眼光と、自分を押さえつけた逞しい身体だ。

次第に、まるでアレイストの掌に包み込まれているかのような錯覚を覚えてくる。

自分に覆いかぶさる身体の硬さと、首筋に触れた吐息の感触。

あれがもし、肌に触れたら。

そして口唇に滑って…。

そう想像すると、火照った熱は冷めることがない。

「あ、あ…っ」

腰が跳ねた。

激しい疼きが下肢を襲い、それを慰めるためにひたすら指先を蠢《うごめ》かせる。

くちゅくちゅと音を立てながら、晶緋は自らの掌の行為に身悶《みもだ》える。

指先に絡みつく白い蜜、たっぷりと滴《したた》るそれを、晶緋はアレイストの指を想像しながら放ったのだ。

絶頂《ぜっちょう》の瞬間、その名を晶緋は呼んでいた。

「アレイスト様…っ…！」

身体が快楽を迎えれば、今度は心が冷えていく。

理性を取り戻した晶緋を、罪悪感が苛《さいな》む。

（なんてことを…私は…っ）

深い自己嫌悪に襲われる。

なぜ、自分の肉根に絡む指先を、アレイストのものだと錯覚したのか。

なぜ、彼の名を、絶頂の瞬間に呼んでしまったのか。

自分の主人を汚《けが》すような行為に、晶緋は打ちひしがれる。

アレイストがこの行為をするのは、花嫁に対してだ。

その陰で、自分はこうして自らを慰めるなど、…惨《みじ》めだった。

晶緋の目頭が熱くなる。

(そういえば、今日は刻の誕生日、だった…)

花嫁に迎えたいと、アレイストは今頃、刻に告げているのだろうか…?

刻は驚きながらも、頬を染めて告白を受け入れているだろうか。

刻は心からアレイストを慕っている様子だった。

最初は戸惑うかもしれないが、次第に打ち解けて…。

自慰で甘だるく疲れた身体に、やっと待ち望んだ眠りが訪れる。

祝ってあげられなかったことをすまなく思いながらも、自らが傷つくことになるような場面を見なくて済んだことに安堵《あんど》する、弱い自分を晶緋は感じていた。


いつもは休まない時間に眠ってしまったせいだろう。

深夜になっても、目が冴《さ》えたままだ。

自慰の後、そのまま晶緋は眠りについた。今、窓から見える月は、既に南天に近い。

刻に手渡そうと思っていたプレゼントは、晶緋の自室のテーブルに置かれたままだ。

(クリストファー様もお祝いしてくれるとおっしゃっていたから、多分一人寂しく誕生日を迎えてはいないだろうとは思うけれど…)

刻と交代するように、今夜零時を過ぎれば、晶緋自身も誕生日を迎える。

せめて、刻の誕生日のうちにプレゼントだけでも渡そうと、簡単に身支度を整えると、自室を出る。

クリストファーとアレイストの後ろ姿を見たのは、偶然だった。


深夜だというのに、彼らは城を出ていく。

(こんな夜に、一体どこへ…?)

晶緋には、殺害事件があるから外出しないように言っておきながら。

不思議に思って晶緋はその後を追う。

主人の行動を怪しんだり疑ったりする気持ちは微塵《みじん》もなかった。純粋な好奇心といったものが正しかったかもしれない。そして、自分の主人を心配する気持ちと。

自分ではまったく役に立たないとは思っても。

辺りに霧が立ち込める。

彼らの姿が、街の奥へと消えていく。

街灯の明かりだけで追いかけるのは、困難なほどに霧は深い。

二人の姿を見失ったかと思うと、クリストファーの声が煉瓦《れんが》の壁に反射して響いた。

「血の匂いがすると思ったら。見なよ、この死体。鋭利《えいり》な刃物で切り裂かれている。おかしいと思ったけれど、やっぱり我々の仲間がしたことではないな」

二人の足元に倒れていたのは…。

(ひ…っ)

あげそうになった悲鳴を、掌で抑えつける。

二人の足元に、女性が倒れていた。ただ一目でこと切れているのが分かる。

象徴的なのは、彼女の首筋にある、引き裂かれた傷跡だった。

「我々なら、こんな刃物を使うような真似はしない」

「ああ」

クリストファーの言葉に、アレイストが同意する。

『我々の仲間はしない』

仲間。

首筋に刃物を突き立てずとも。

その時、はっきりと晶緋は聞いたのだ。

「どこかにおかしくなったヴァンパイアの仲間がいるかとも思ったけれど、これは違う。安心したよ。でも逆に、僕たちがやったように思われるのは癪《しゃく》だね」

ヴァンパイアの仲間、と——。

(ヴァンパイア…っ!?)

彼は、そう言った。

そんなものが、本当に、存在するのだろうか。驚きのあまり信じてしまいそうになって、慌てて否定する。

強い衝撃が晶緋を襲った。

すぐに信じる程子供でもない。信じられるわけがないと、理性が教えている。

だが、足元に横たわる首を切り裂かれた女性の身体を、彼らは不自然なほど冷静に見下ろしている。

初めて彼に会った時、彼の独特な雰囲気から、ヴァンパイアかもしれないという疑惑を晶緋は抱いた。

だが、そんなものがこの世に存在するはずがないと、常識がその疑惑を抑えつけていた。

（まさか……）

晶緋は乾いた咽喉を嚥下《えんか》する。

クリストファーがヴァンパイアという言葉を口にしただけで、目の前にいる彼らには、一切、人間と変わった部分はない。

だがそのとき、辺りをつんざくような悲鳴が響いた。

「きゃあぁ…っ！」

深夜、夜の店で働いていた女性だろうか。彼女の手元からバッグが落ちる。

「まずいところに通り掛かったものだな」

アレイストが冷静に言った。

「不運と思って諦めるんだな」

淡々と告げるアレイストに、動揺は一切見られない。ただ、その声にはぞっとする程の凄味《すごみ》が混じる。

（…あ）

晶緋の背筋が戦慄《わなな》く。

こんなアレイストの冷たい声を、晶緋は今までに聞いたことがなかった。
「ああ、顔を見られた以上、どこに噂の火種《ひだね》を巻かれるか、分からない」
クリストファーの動きは迅速だった。
晶緋はクリストファーの瞳の色が変わったのを見た。
そして、女性の足が張りついたように動けなくなるのも。
意志を奪われたかのように、身動きができないでいる。
クリストファーが柔らかな仕草で、彼女の腰を引き寄せた。
そして、首筋に顔を埋める。
(ひ……っ)
確かに、クリストファーの口角《こうかく》で真珠色の尖《とが》ったものが光るのを、晶緋は見たのだ。
女性の表情は、恐怖から恍惚へと、変化していく。
陶酔しきったような女性の表情……。
ガクリ、と女性はクリストファーの腕の中で膝を折った。
クリストファーが腰に回していた腕を解くと、彼女の身体は地面に崩れ落ちていった。
倒れ込む女性の首筋には、一筋の…紅い跡。
クリストファーが指先を触れさせれば、傷跡がみるみるうちに塞《ふさ》がっていく。

女性は倒れたばかりだというのに、立ち上がる。

うつろな目をして、彼女はクリストファーの足元に跪《ひざまず》いた。

「ご主人様……」

まるきり、クリストファーのしもべという態度で。

（一体、今のは…）

――信じられない。

晶緋は目を見開く。

今、この目で見ておきながら、夢を見ているのではないかと思う。

「これで、この女はここで今見たことを忘れる。そして、我々には逆らえなくなる。我々の正体を知った者は、しもべに」

クリストファーの行為を、アレイストは平静そのままの態度で見ている。

むしろ冷淡ですらあった。

「我々ヴァンパイアが生きていくためには、ヴァンパイアである秘密を、守らなければならない」

ヴァンパイア。

我々。

やはり、それでは、アレイストは。

言葉だけではなく、目の前で信じられない光景を見せつけられれば、もう否定できない。

自分の主人は、ヴァンパイアなのだ。

ずっと抱いていた疑問、そして否定していた答え。

それが、目の前に突きつけられる。

(まさか、アレイスト様がヴァンパイアだったなんて――……!!)

頭をかち割られたようなショックに目の前が真っ暗になる。全身に震えが走り、咽喉が詰まり息ができない。

自分も、見たことを知られれば、しもべにされるのだろうか。

晶緋は後退《あとじ》さる。

靴が、足元の小石を蹴った。

かすかな、音。

だがそれを、アレイストは聞き逃さなかった。

アレイストが晶緋を振り返り、その目が見開かれる。

「なぜ、ここに来た⁉」

（あ…っ！）

アレイストを見上げた晶緋の身体が、激しく竦み上がる。

今までに見たことのない、厳しい表情をしていた。

どちらかというとアレイストは感情表現に乏しく、晶緋は取り澄ましたような紳士然とした彼の表情ばかり見ていたけれども、それでも慕っていたのは、内面の優しさを感じていたからだ。

しかし今は、凄まじい恐怖が咽喉元まで突き上げ、全身に鳥肌が立つ。

鋭い眼光が、冷徹さを帯びて、晶緋を見やる。

アレイストが晶緋に歩み寄る。

逃げ出そうとしたのは、アレイストがヴァンパイアだということが恐ろしかったわけではなく、アレイストがヴァンパイアだと分かることによって、二人の関係が変わってしまうのが、怖かったからだ。

ヴァンパイアという存在を嫌悪したわけではない。

彼の正体さえ知らなければ、知らないまま今までのようにそばにいられると…思っていたから…。

ただ、それだけだ。

が…っと力強い掌が、晶緋の腕を掴み取る。

「ア、アレイスト様……」

咽喉が、引き攣《つ》ったような声を絞り出す。

「眠れなくて…お二人が外に出るお姿を、拝見したものですから…」

震えながら、答える。

「まだ、しもべにしてはいなかったのか!?」

クリストファーが目を険しくさせていた。

「君はいいかもしれないが、僕は真の姿を見られた…! 口封じが必要だ。彼を僕に渡せ」

(…っ!)

晶緋の身体が、アレイストの腕の中で竦み上がる。

「人間はどうせ我々を恐ろしいと思って、逃げ出す。そして人間に存在を言いふらし、我々はこの地を追われる。こいつも逃げ出そうとしただろう? きっと、我々を裏切る。しもべにしてしまえばいい。もしアレイスト、君がしもべにしないのなら、僕がしもべにする。安心しなよ、晶緋。血を吸われる時、それは身体を重ねるよりも淫靡な快楽を君は得られるよ」

恐ろしげな制裁の言葉に、晶緋は青ざめる。

無意識のうちに救いを求め、晶緋はアレイストを見た。

きつく、束縛するように、アレイストが自分の手首を掴んでいても、それでも晶緋がすがれる存在は、アレイストしかいないのだ。彼は自分の庇護者だと、信じたかった。

「お前は、しもべになりたいか？」

アレイストが晶緋に訊いた。

クリストファーの背後で、女性が跪《ひざまづ》いている。

それはまったく意思を失った姿だ。

しもべになれば、意思を奪われる。

（アレイスト様を好きだという気持ちも、なくしてしまう……？）

それは嫌だった。

アレイストのそばにいたい。

ずっと、晶緋はそう願っていたのだから。

「何を迷うことがある、アレイスト。最初からしもべにするつもりで、使用人として扱っていたんだろう？　さっさと首筋に牙《きば》を突き立て、意思を奪えばいい。ずっと育ててきて、さすがに情でも湧《わ》いたか？　僕たちの姿を見て、逃げ出そうとしたのに!?」

怒りを燃え立たせた瞳で、クリストファーが晶緋を見ていた。

逃げ出そうとしたのは、アレイストが晶緋に見られることを望んでないと思ったからだ。そして彼の隠しておきたかったであろう秘密を知ってしまえば、自分たちの関係が壊れてしまうのが怖かったから。

その本当の理由を、告げたかった。

けれど、恐怖に口唇が言葉を紡ぐことができない。

「それとも、さすがに花嫁として迎えようとした者の兄をしもべにするのは、気が引けたか、アレイスト」

「…クリス」

アレイストがたしなめるように言葉を遮《さえぎ》る。

「確かに兄が木偶《でく》のようになれば、弟も黙ってはいまい。だが、選ぶんだ、アレイスト。我々の真の姿を見たものは、しもべにするか…それとも」

昨夜の言葉が晶緋の脳裏に蘇る。

『我々のそばにいるためには、しもべにするか、それとも、――花嫁にするかだ』

血気《けっき》をはやらせるクリストファーに、アレイストは深いため息とともに言った。

「…彼を、今夜私の花嫁に迎えよう。それで、文句はないな？」

（…っ!!）

晶緋の表情が凍りつく。

花嫁にされる。その言葉の持つ意味への不安よりも、アレイストが仕方なさそうにため息をついたということの方が、晶緋の胸を疼かせた。

胸に走る痛みが、小波《さざなみ》のように広がっていく。

「へえ、そうくるとは思わなかったな。大切に気持ちが育つまで待った程の花嫁の兄だ。それほどまで、迎えようとした花嫁が大切だったか？　彼を悲しませたくないから、か？」

晶緋をしもべにしないのは、刻がそれほどまでに大切だったからだと、クリストファーに告げられる。

クリストファーは晶緋に向き直ると言った。

「我々の正体を知った者、それは我々の存在を脅《おびや》かす。だから、しもべにして意思を奪うか、もう一つは…快楽によって服従を誓わせる花嫁にするか、だ」

どちらにせよ、口封じのために、意思を奪う必要があるのだと…。

「やむを得まい。…来い…！」

「あ…っ‼」

アレイストの力強い腕が、晶緋を引き摺《ず》り、城へと連れ戻していく。

足がもつれたように、動けない。

だが、それを抵抗ととったのか、アレイストは冷たく晶緋に命じた。

「クリストファーに殺されたくなければ、言うことをきけ」

命じながらも、アレイストの瞳には、悲しげな、そして苦しげな表情が過ぎったような気がした。

それは晶緋の胸をツキンと痛ませた。

晶緋がまだ入ったことのない場所に、強引に連れられていく。

城内の、地下室。

そこは、城内を管理する執事である晶緋も、まだ知らない場所だった。

石の祭壇が、そこには置かれていた。

「ヴァンパイア式の婚姻の儀は、石の祭壇で行うんだ。正式に、アレイストは君を花嫁に迎えてくれるよ」

クリストファーが晶緋を逃がさないかのように言う。

『今夜、花嫁に迎えよう』

まさか、それは本気なのだろうか？

彼の本当の姿を見てしまった以上、晶緋がアレイストのしもべか花嫁か、どちらかの立場になるまでは、引かないつもりらしい。

アレイストが晶緋を祭壇に連れていこうとするのを、クリストファーが押し留《とど》める。

「ちょっと待って。そのままの格好で婚姻の儀を行うつもり？　何代か前の領主が残したものらしいけど、いいものを見つけておいたよ」

そう言ったクリストファーの腕には、レースのベールが握られている。

「このくらいは、格好をつけさせたほうが、立会いのし甲斐もある」

婚姻の立会い。

その準備として、アレイストは本当は、刻のために、クリストファーを呼び寄せていたのだ。

「クリストファー様…っ」

身体を覆うようにベールを被せられ、晶緋は絡みつくそれを振り払おうとする。

けれど、その細腕のどこにそんな力があるのかと思うほど、クリストファーの力は強く、晶緋では振り払えない。

石の壁で作られた祭壇らしきものの前に無理やり、進まされる。

そこには、アレイストが待っていた。

(本当に、婚姻を…?)

まるで本当の結婚式のような状況に、晶緋は戸惑う。

クリストファーから手渡された途端、アレイストは晶緋の腰を引き寄せる。この婚姻に異を唱える隙《すき》を一切与えまいとするように、腕の中にきつく閉じ込める。

アレイストが自らの指先を噛《か》んだ。

紅い血が滴り、それを口に含むと…、晶緋に口づけた。

「んん…っ!」

口唇を奪われる。

それは、血だというのに生臭《なまぐさ》くはなく、甘露《かんろ》な蜜のような甘さを舌先にもたらした。

ウェディングベールごと、アレイストの腕の中に抱き込まれ、口づけを受け続ける…。

「あ、ん、ん…っ」

官能の淵《ふち》に叩き込まれるような、口づけだった。

激しすぎる口づけに、膝から力が抜けていく。

「あ…」

口角から、蜜が零れ落ちた。

初めての、アレイストとのキス。

焦がれていた相手との。

それは、祭壇の前で無理やり奪われた、花嫁のキスだ。

身代わりの。

そして、…口封じのための。

ひたすらに口唇に、冷たい感触を残すだけ。

「立会人の元で、誓いの言葉を」

クリストファーが儀礼的な言葉を吐く。

それに答え、アレイストが平然と言った。そこに躊躇《ちゅうちょ》は見られない。

「…私の永遠を、お前に捧《ささ》げよう」

永遠。それがヴァンパイアの誓いの言葉なのだろうか。

その言葉がずしりと重く胸に響く。

もし好きな人と永遠の愛を誓えたら、ずっとそばにいることができたなら、…アレイストのそばにいられるのなら、どれ程幸せかと思う。

けれど晶緋はアレイストが望んだ花嫁ではない。

心の伴わない言葉など、晶緋の胸には響きはしない。なのに。

「お前も、私に捧げると…誓え」

アレイストは、その腕の中に晶緋を逃げられなくしたまま、脅すようにして、その言葉を強《し》いる。

誓えと命じられながら、口を開かないでいる晶緋に、アレイストの双眸《そうぼう》がすがめられる。

晶緋は仕方なく、言葉をただなぞった。

「私の永遠を…あなたに…捧げます」

言いながら、泣きそうになる。

目頭が、熱い。

永遠を捧げるというのが、彼らの婚姻の言葉ならば、晶緋は無理やり言わされずとも、自分の持てる全てを捧げるつもりで、彼のために尽くそうとしていた。

アレイストに不本意な顔をさせるのならば、花嫁になどならなくていい。しもべで、よかったのだ。

心を失ってしまうのはつらかったけれど、アレイストを苦しめるのは、もっとつらい。

晶緋の言葉を待って、クリストファーは言った。

「アレイストの花嫁を、僕は歓迎するよ。この婚姻の儀は見届けた。君はこれで正式な、アレイストの花嫁だ」

アレイストのことが好きだからこそ、その言葉は晶緋の胸を苦しくさせる。

不承不承、承知された花嫁だということが、晶緋を深く傷つけていた。

アレイストにとっては、自分の軽率な行為は、迷惑でしかない。

クリストファーや、一族の決まりとやらに縛られて、無理やり想い人とは別の人間と婚姻の儀を執り行われて。

このまま、消えてしまいたいとすら、晶緋は思った。

邪魔者である自分は、二人の前から永久に消えてしまいたい。

自分が消えてしまえば、アレイストは本当に好きな相手と、結ばれることができる。

婚姻の儀が終わった事を知り、晶緋はベールを剥ぎ取ろうとする。

だが、それをアレイストに押し留められた。

「アレイスト様…?」

自分の腰に回された腕は外れない。

今までと違うアレイストの態度に、困惑がせり上がる。

「まだ、婚姻の儀は終わってはいない」

そう言うと、アレイストが晶緋の身体を、石の祭壇の上に横たえた。

晶緋の身体の下には、純白のベールがある。

「クリストファー、もういいだろう？　私は花嫁の素肌を私以外の男の前に晒すつもりはない。たとえそれが、一族の者であっても」

「分かったよ」

クリストファーは肩を竦めると、その場を立ち去っていく。

カツン、カツンという石畳を踏みしめる足音が、次第に遠ざかる…。

アレイストの身体が、晶緋に覆いかぶさった。

「なに…」

口唇《くちびる》に生温かい感触がする。

目を閉じることも思いつかなかった。

呆然とそれを受け止めて、自分がアレイストと口唇を重ねたのだと気づいたのは、とうに口唇が離れた後だった。

婚姻の誓いの場で口唇を重ねるこの行為は、儀礼のうちの一つ、形式的なものだろう。

だが、クリストファーもいない今、晶緋に口づける必要などないはずだ。

「どうして…」

しっとりと濡れた口唇に晶緋は指先をのせた。

するとアレイストはその指を外し、もう一度、口唇を重ねた。

「ん、んん…っ」

今度は、口唇は触れるだけでは済まされなかった。

口唇をこじ開けるようにしてもぐり込んできた舌は、口蓋《こうがい》をなぞり、愛撫《あいぶ》を施《ほどこ》すかのように、晶緋の口腔《こうこう》を舐《な》め上げる。

「うっ…ん…っ…」

晶緋が苦しげな吐息を漏らすと、アレイストは口唇を離した。

瞳は潤《うる》み、息があがってくるのが分かる。

「アレイスト様…なぜ、こんな…」

「婚姻の儀はまだ終わっていないと言っただろう？　ヴァンパイアも人間も、花嫁の初夜の務めは同じだ」

（…っ!!）

その言葉に激しい衝撃を覚える。

「初夜」。男に組み伏せられた今、その言葉が妙になまめかしく晶緋の耳に響いた。

アレイストは、花嫁の務めを自分に課そうとしているのだ。

まだ信じられないといった表情をしていると、自覚を促すように、アレイストは晶緋の上着の前を開いていく。

見られる恥ずかしさに前を掻き合わせようとすると、今度は下肢を覆う布を剥ぎ取られてしまう。

「ア、アレイスト様…っ」

晶緋の下肢を、アレイストが握り込む。

「あ、う…っ」

他人に直接触れられることなどなかった部分は、掌に包まれただけで、反応を示した。

ねっとりとした口づけを受け、既に官能を煽られていたせいか、柔らかく揉みしだかれるとすぐに昂《たか》ぶってしまう。

「や、…あ、ああっ」

アレイストは下肢で硬くなりだしたものを扱きながら、晶緋の胸に口唇を滑らせた。

胸を弄《いじ》られ、喘《あえ》ぎ声を零した晶緋は、自分の声のいやらしさに愕然《がくぜん》とする。

最も身近にいながらアレイストは、今まで一度も情欲など感じさせなかった。しかし今、自分を相手になまめかしく口唇を滑らせる彼の生々しさが、晶緋を混乱させ、羞恥の淵に突き落とす。

「暴れなければ、優しく抱いてあげよう。花嫁を初夜で壊してしまいたくはない」

脅迫めいた言葉が、耳を突き刺す。

今までにないアレイストの恐ろしげな言い方に、晶緋の身体が震えた。

「もうお前のすべては私のものだ」

アレイストが晶緋の衣をすべて剥ぎ取っていく。

今日はアレイストに与えられた真珠のカフスもない。手首からシャツが引き抜かれていくのを邪魔するものもない。易々《やすやす》と引き抜かれていく…。

全身が素肌になった晶緋の内腿に、アレイストの下肢が当たった。

「あ…っ！」

それは雄々しくそそり立ち、熱を孕《はら》んでいた。

自分を相手に、彼が欲情できるなど、晶緋は信じられなかった。

だが、彼の熱く滾《たぎ》ったものは、確実に晶緋の太腿に押し当てられている。

アレイストが愛しているのは、弟の刻なのに。

なのに、彼の正体を見てしまったのが自分だから。

「私に全てを捧げれば、私も全てをお前に捧げよう」

その言葉に晶緋のまなじりが熱くなる。

もしアレイストに一欠片《ひとかけら》でも晶緋に対する愛情があったのなら、晶緋は喜んで彼の腕を受け入れただろう。

ずっと、好きだった人に。

こんな形で、抱かれたくはなかった。

晶緋が抵抗するのは、彼の心がここにはないからだ。

「やめて、くださ…っ」

「あいつの、しもべになりたくはないだろう？」

アレイストの掌が、晶緋のものを強く握った。

「あう…っ！」

自慰で想像したものとはまるで、…違う。

快楽の渦に巻き込まれ、身体が熱く火照ってたまらない。

先ほど噛んだアレイストの指の傷、そこから溢れる血が、晶緋の蕾《つぼみ》に塗りつけられる。

それが塗りつけられた後、その部分はなぜか狂おしいほどの疼きに襲われる。

まるで、媚薬を塗りつけられたかのように。

「あ、あ、あ…っ」

指が中に潜り込む。

潤いを与えられ、押し広げられていく。

「あ、ああ…っ！」

甲高い声が、地下の石畳の部屋で、祭壇の上に響く…。

『優しく抱いてあげよう』

そう約束したように、アレイストはすぐに身体を引き裂くような真似はしなかった。

狂おしいほどに晶緋を昂《たか》ぶらせ、十分すぎるほど執拗に狭道を掻き分け、襞を擦り上げる。閉じようとした膝を静止され、長い指が前後に穿《うが》つように動いた。

腰を逃がしても追うように指は奥へと進んでくる。

「ああ、やっ…、ああ」

異物感と、体内を他人の手によって暴かれる恐怖に、瞳からは涙が零れ落ちる。想像もしていなかった部分を穿たれているというのに、指が行き来するにつれ、次第に肌が痺れるような痒《かゆ》みを覚えるのだ。

肉筒を開かれ続け、疼きに身体中が支配され、アレイストの与える感覚しか感じられなくなった頃、アレイストは晶緋の中から指を引き抜いた。

「…あ…っ…」

アレイストが狭間に先端を押し当てるのを、晶緋はぼんやりと眺めていた。

「そのまま、力を抜いていなさい」

優しげに、口唇が晶緋のこめかみに落とされる。まなじりに滲《にじ》む涙を、アレイストの舌が何度もすくってくれた。

まるで、本当に初夜を迎える花嫁にするかのような抱き方だった。

偽りの花嫁である自分にすらこんな口づけを与えるのならば、本当に愛する相手には、どんなにか優しいのだろうと、晶緋は思った。

アレイストの指先が、汗の浮かんだ晶緋の頬に貼りついた髪を、すくってくれる。

戸惑いながら見上げた晶緋の濡れた瞳を、アレイストが見つめ返した。

形の良い深い色の瞳が、男の情欲を浮かべて自分を見下ろしている。

それだけではなく同情めいた何かが過ぎるのが、晶緋の胸を切なくさせた。

視線が絡み、晶緋は瞳を涙で揺らめかせる。

「ん…」

アレイストが再び晶緋に口唇を重ねた。

行為の最中何度も重ねられたせいで、晶緋はすぐにアレイストの口唇の感触を覚えた。晶緋の意識がアレイストとの口づけに向いた頃、アレイストは先端をゆっくりと晶緋の中に滑り込ませた。

「…っ…あ…あああっ！」

重なっていた口唇が離れる。

引き裂かれる痛みよりも、アレイストのものが中を突き進む感覚のほうに、晶緋は身悶えた。

根元まで入ったものは、最奥《さいおう》まで突き刺さり、肉壁を擦《こす》り上げる。身体は明らかに苦痛よりも快楽を感じていた。

真っ白な晶緋の肌が、淫靡な色に上気していく。

身体ごと腰を揺さぶられて、晶緋は嬌声《きょうせい》をあげた。

「ん、あ…っ」

亀頭に最奥を抉られ、声が零れた。それは酷く甘い。

淡い雪のように白い肌が、男に抱かれることによっていやおうなく薄紅色に追い上げられる様は、痛々しくも淫靡な光景だった。

「ア、アレイスト様…あ…っ、いやです。やめて、やめてください…」

入れられながら弱々しく抵抗すると、アレイストが晶緋の首筋に歯を立てながら言った。

「もう、お前は私の花嫁だ…」

晶緋に言い聞かせるというよりも、まるで独《ひと》り言のようにアレイストが呟《つぶや》く。

「あう…っ」

自分のものだと分からせるように、根元まで突き上げられる。

ヴァンパイアのものに、アレイストのものにされたのだ。

「花嫁」。そうアレイストは言うけれど、それは、その言葉から連想される幸せなものでは微塵《みじん》もない。

自らの永遠を、彼に捧げる。

その言葉を交わし、正式な婚姻の儀を結びながらも、二人の間に愛だけがない。

信じていた。自分の庇護者だと。

なのにその人が、晶緋を蹂躙《じゅうりん》しようとする。

偽りの花嫁として。

身代わりの花嫁として。

自分の心はすべてアレイストのものなのに、アレイストの心は自分の元にはない。

なのに、抱かれるのはつらすぎる。

「目を背《そむ》けるな」

晶緋を抱くのは、晶緋を花嫁にした自分の権利だと言いたげに、アレイストが晶緋の中で腰を蠢《うごめ》かす。

激しく腰を動かされる。中を突き上げられ、掻《か》き回される。

「あっ…ああ！」

晶緋が挿入されて深い快楽を感じているのを知ったのか、アレイストが腰の動きを速めた。

晶緋はアレイストの身体を受け止めることしかできない。

晶緋が身を捩り逃げようとするたび、腰を引き戻され、より深く挿入される。

彼が達するまで、晶緋の襞は擦り続けられた。

「…晶緋」

アレイストが達する瞬間、短く自分の名を呼んだ。

掠れた男の声とともに、体内に熱い飛沫《しぶき》を受け止める。

同時に晶緋も、熱いものをアレイストの下腹に放出していた。

それ以来、晶緋の仕事にもう一つ、花嫁としての夜の務めが加わった。

夜毎、身体を開くよう命じられた。

命じたといっても、アレイストは部屋を訪れた晶緋を必ず抱き上げ、ベッドへと運んでくれる。

そして、アレイストによって与えられたものすべてを剥ぎ取られ、抱かれるのだ。

このような立場に、なりたくはなかった。

今も晶緋の中央には、アレイストのものが突き立てられ、淫靡な動きで晶緋を追い上げている。

男によって追い上げられ、達する快楽を知った身体は、男に抱かれることに順応するのも早かった。襞は剛直を柔軟に受け入れ、あまつさえ収縮して強く締めつけてみせる。

そんな自分が恐くてアレイストの肩を弱々しく押し戻そうとすれば、不満そうにアレイストが晶緋の指先を引き剥がす。

シーツに手首を貼りつけるように繋ぎとめられた。

「あ…っ…あっ」

自分の手首を押さえつける…腕。

昔、抱き上げられたこともあった腕。

世の中のつらいものすべてから自分を守ってくれるために、この腕はあるのだと、その手を取ったときから、晶緋は思っていた。

それが、今は抵抗を奪い、身体を押さえつけるためにある。晶緋の意志を捻じ伏せ、身体を奪う。

『血を吸われるとき、それは身体を重ねるよりも淫靡な快楽を得られる』

そう、クリストファーは言った。

だが、血を吸われずとも、ひっきりなしに快楽の波が体内を襲う。

それは人を惑わすヴァンパイアの性質だから、だろうか。

見つめられただけで、意思を明け渡してしまうほどの美貌を持つ一族。

いや、違う。

昔から、子供の頃から…晶緋はアレイストが好きだった。

こんなに感じるのは、アレイストだからだ。

身体は熱くなっても、抱かれるたびに胸が凍《こご》えていく。

嫌だ。抵抗を奪われ、抱かれ続けるのは。

——好きなのに。

「アレイスト様……」

「…晶緋」

涙を零せば、たわむれのように与えられる、眦《まなじり》への口づけ。

本当の花嫁のように晶緋を夜毎ベッドへ引きずり込み、アレイストは口づけを与え、抱く。

アレイストが抱きながら自分の名を呼ぶと、晶緋の胸はぎゅ、と音を立てた。

彼が腕に抱き、本当に呼びたかった名は、別のものなのに。

なのに、自分の名を呼びながら、アレイストは晶緋を抱く。

苦しくて、たまらない。

彼が呼びたかった名が、別のものだと思うと。

仕方なく、自分の名を呼んでいるだけなのに。

それでも、アレイストが自分の名を呼ぶことに、胸を震わせている、なんて……。

惨めだった。

ずっと昔から恋い慕っていた想いがやっと叶い、こうしてアレイストの腕を独占しているのに、本当は彼は自分を抱きたかったのではない。

「う……っ」

晶緋はすすり泣く。

最愛の人の腕の中で。

壊れそうになる胸の痛みを、抑えつけながら。

自分に心がない相手に、無理やり貫かれ、それでも、…彼の口唇が重ねられることに、胸を高鳴らせた……。

(ごめんなさい……)

それは、アレイストと、…刻への言葉だ。

本当に結ばれるはずだった、恋人同士へ、だ。

自分は何をアレイストに捧げてもいい。

ただ、こんなふうに優しく抱かないで欲しい。

欲望を果たすだけの扱いで、いいのに。

花嫁になんかしないで欲しかったのに。

(好きな人の想いを、邪魔するような真似だけは、したくなかったのに…!)

だから、晶緋はアレイストの腕の中で、頑《かたく》なに身体を強張《こわば》らせるのだ。

どれほど、優しげな口づけを与えられても。

「晶緋、私を見るんだ」

アレイストの骨ばった男らしい指先が、晶緋の顎《あご》をすくい取る。

「やめてくださ…」

晶緋は貫かれながら、必死で顔を背けた。

するとアレイストは苦々しい表情を浮かべ、無理やり晶緋の顔を、己のほうへと向けてしまう。

そして、再び口唇を奪おうとする。

触れる寸前で、ふい…っと晶緋は顔を逸《そ》らした。

「どうか、それは。…私を、どう扱っても、かまいませんから…」

瞳を伏せながら、晶緋は告げる。

横向きになった眦から涙が零れ、こめかみへと伝わっていく。

花嫁として扱うみたいに、口づけを与えないで欲しい。

口唇から、想いが伝わってしまうのが怖い。

そして、口唇を触れ合わせてしまえば、想いが溢れてしまうのが怖い。

アレイストをずっと、…焦《こ》がれていたのだと…。

「どう扱っても…?」

低く感情を押し殺したかのような、声音が洩れる。

「はい。私を使ってください。何をされても、かまいません…」

自分の大切な場所で、欲望を果たしても。

だから、刻に向けるはずだった優しさを、自分には向けないで。

…刻。

彼は既に週末の休暇を終え、寄宿舎へと戻っている。

刻は、アレイストがヴァンパイアであることを知らない。

何も知らない彼は、何も知らないまま、この屋敷を出ることを許された。

そして、刻の姿が見えなくなった途端、アレイストは離れてしまった存在を焦がれるかのように、晶緋の身体に感情をぶつけるのだ。

「何をしてもいいというなら、お前のすべては、…私のものだ」

アレイストが晶緋の口唇を追う。

「この髪も、瞳も、肌も、…そして、お前の口唇も、だ」

「アレイスト様…っ!」

抗議の言葉が迸《ほとばし》る。

「や…ん、んん…っ!」

口唇を塞がれる。

それはすぐに魂を奪いつくされそうな、激しいキスに変わる。

「あ…」

角度を変え、何度も激しい口づけを、繰り返される。

強く、抱き締められながら。

まるで、本当に、花嫁にするかのような仕草で抱かれ、錯覚してしまいそうになる。

初恋の人に抱かれることができる幸運は、一体どれほどの確率で、この世に存在するだろうか。

だが、そこに愛がないとしたら。

身体を重ねることは、奪われることではなく、本来なら好きな相手の愛情を得る行為だ。

相手の息使い、肌の感触、温かさ、そして、好きな人に抱かれる充足感と幸福。それらを得られる行為なのだ。

なのに、今はただ、身体を使われて奪われるだけ。

――好きなのに。

大好きな人は、晶緋を想ってくれてはいない。

快楽によって、抵抗する意思を奪われる…存在。それを「花嫁」だと、アレイストは称する。

こんなことをしなくても、自分に抵抗する意志はない。

せめて、口づけだけは、…許して。

「アレイスト様…。私は、誰にも言いませんから…どうか」

身体が、彼が触れると恐怖に怯え、逆らえなくなる。

彼の目的は、達せられていた。まず、身体が、アレイストに逆らえなくなった。逆らえば、どんなことをされるのか、分からされたから。

でも、たとえ身体で意思を捻じ伏せられても、そんなことをされずとも――。

晶緋は、最初からアレイストにすべてを捧げるつもりだった。

それなのに…。

「…私のすべてを、お前に与えてやる。だからお前も、すべてを差し出すんだ」

花嫁なのだから、と。

「ああ…っ」

強く貫かれ、衝撃に晶緋は目を見開く。

花嫁というのはアレイストのすべてを、得られる立場。

でも晶緋はそんな見返りなど、いらない。

アレイストのすべてを与えられる権利を持つのは、刻のはずだ。

どうか、お願い。

花嫁として、自分を扱わないで欲しい。

『やむを得まい』

あのときのアレイストの台詞《せりふ》が頭に浮かぶ。

本当は、成人を待ち、大切に育ててきた刻を花嫁に迎えるつもりだったのに、彼の本当の姿を見てしまったから、やむを得ずアレイストは自分を選んだ。

人間のままそばにいることを、仲間に納得させるために、晶緋を花嫁にした。

それは、自分がしもべになり意思を無くしたら、刻が不審に思うから。

多分それほどに、刻を…大切に思っているから。

アレイストは本質的には、優しい人だと晶緋は思っている。

だからそうしたのだろう。

最初、晶緋を拾った時も、みじめな子供をほうっておけなくて、見捨てなかった人。

晶緋は、たとえアレイストがどんな人だとしてもずっとそばにいたいと思ってきた。それなのに、一瞬でも彼の元を逃げ出そうとし、裏切ってしまった。だからアレイストは自分に、こんなふうにつらく当たるのだろうか。

身代わりの花嫁に選ばれて——。

2章

扉がノックされる音に、晶緋《あきひ》は眉をひそめる。

前もっての連絡もなく、直《じか》に屋敷の扉がノックされたのは初めてのことだった。

不審に思いながら、鉄の鋲《びょう》の打ちつけられた重厚な扉を開く。

「はい。どちら様ですか？」

逞しさをそなえた男前が、目の前に立っていた。

彼は晶緋を見ると、驚いたように目を見開き、そしてすぐに破顔する。

「晶緋だろう!?」

「正臣《まさおみ》さん!?」

「覚えていてくれたのか？　よかった！　久しぶりだな、晶緋」

心から嬉しそうに、正臣は笑った。

忘れられるわけがない。忘れられないある記憶を、彼は晶緋に宿したから。

「卒業以来か。元気だったか?」

親しみ易い態度は、以前から変わらない。

正臣は、高校に通っていた時の先輩だ。

同じ日本人ということもあって、仲良くなるのにそれほど時間はかからなかった。

だが、彼の自分に対する親しみと、晶緋が感じる彼への親しみは、別の意味を持っていたということだ。

告白とともに強引に口唇を奪われたことがある。

彼の気持ちに、晶緋は応えることはできなかった。同時に、ずいぶんと物好きな人間もいるのだと、晶緋は思った。

どうせ同性ならば、自分よりもずっと可愛らしい、弟のような人間を好きになればいいのに。

彼のような人間に出会ったことがなかったから、何かに血迷ったのだろう。

「正臣さんは? どうしたんですか? 突然」

学校を卒業して進路が分かれれば、疎遠になるのは仕方のないことだが、久しぶりの再会を嬉しくも思う。

「実は、あれから植物学の研究所に就職して、ある植物の研究をしているんだ」

似合わないかな、そう言って正臣が人懐こい笑顔で笑った。

「この辺りにしか生えない植物の採取が必要でね。ただ標本を作るまで採取するとなると、一日二日、というわけにはいかない。かといって、ホテルに長期滞在する予算も貧乏学者にはない、というわけで、お前のことを思い出したんだ」

「私のことを?」

「すまないが、ここに暫《しばら》く泊めてくれないか?」

「え…っ」

「見たところ大きな屋敷じゃないか。部屋だって余ってるんだろう? 迷惑は掛けないからさ」

正臣は、顔の前で祈るように両手を合わせてみせる。

「そういうわけにはいきません。部屋は余っているかもしれませんけれど、これは私の持ち物ではありません。主人のものですから」

「主人? あ、そうか。お前学校を卒業した後、実家に戻って就職するって言ってたけど、もしかしてその格好…執事?」

晶緋の三つ揃いを見やる。

ブラックのスーツ、華美ではないホワイトのボウタイ、繊細な細工のプラチナの鎖《くさり》のネクタイピン…。

ジャケットの細いラインが、晶緋の腰つきを艶《なまめ》かしく引き立てている。

花嫁に迎えられた後も、晶緋はこの仕事を続けていた。

刻は、晶緋がアレイストの花嫁に迎えられたことを知らないまま、寄宿舎に戻った。

花嫁に迎えられた翌日、起き上がれなかった晶緋を、主人であるアレイスト自らが、甲斐甲斐しく世話をしてくれた。

そして当然のように新しいシャツや、宝石のついたカフスやピンを、与えられる。

「はい」

「まさか、執事を、ね」

正臣は素直に驚いてみせる。

執事は重要な職業ではあるものの、従属職だ。

主人のために仕えることを、軽んじる気概を持った人間は、若い男の中に多い。

「もったいないよな。先生も惜しんでたぜ。俺が研究職なんかをするより、よっぽどお前の方が優秀なんだから大学に進んで欲しかったたって」

「…これは、私が選び、望んだ仕事ですから」

迷わずに。

当時の自分は、真っ直《ま》ぐ《す》に、アレイストのそばにいることを選んだ。

学校を卒業した時も、これでアレイストの元に戻れるのだと、喜んだくらいだ。

ただ、それを表情に表すことはしなかったけれども。

プロとしての仕事をこなすことが、そばにいるためには必要だ。

アレイストに気づかれないように。

そばにいればいるほど、気持ちを気づかれる可能性は大きくなる。

今まで自分を育ててくれた恩を、少しでも何かの形で返したい、そう思っていた。

だが、それも遠い昔のことのように感じる。

アレイストの正体を知ってしまったその日から、晶緋を取り巻く世界は、変わってしまったのだ。

「…そうか。それならいいが」

正臣の同意に、今は躊躇してしまう。

素直に頷くことができない。

「それで、ここに泊めて欲しいっていう話だけど、どうだ？」

「私の一存では無理です」

「そこを何とか言ってくれないか？　本当に困ってるんだ。それに、ずいぶん羽振りが良さそうじゃないか？　一人くらい食い扶持《ぶち》が増えたって、構わないだろう？」

正臣は引き下がらない。

今日は、乳白色のオパールのネクタイピンを晶緋は身につけている。

ホワイトオパールの中でも、角度によって色が完全に変わる高価なものだ。

相変わらず、アレイストは晶緋をそばに置き、執事でありながらその立場以上に見えるほどに、美しく着飾らせている。

「頼む…！」

正臣は過去、晶緋にあのような振る舞いをしたとはいえ、それまではよき先輩として、晶緋の面倒をよくみてくれていた。

人見知りで、あまり周囲に溶け込めない自分を、何くれと気を配り、助けてくれようとしていたのだ。

実際ずいぶん助けられたことも多く、晶緋は彼を慕っていた…。

もし彼が当時の振る舞いを忘れているのなら、少しでも役に立ちたいと、思ったけれども。

そこに、玄関での騒動を聞きつけたのか、低い声が響き渡った。

「どうかしたのか？　何者だ？　彼は」

「アレイスト様…！」

ビクリと晶緋は肩を跳ね上がらせる。

振り返れば、威厳に満ちた姿で、アレイストが玄関のホールに立っていた。

アレイストの姿を見た正臣が、目を丸くする。

「彼が、この城の主人…？」

呆然と呟く。

爵位を継ぐ者について、彼の想像とアレイストは違っていたらしい。

誰もがアレイストを見れば、伯爵という身分に付随するものの想像以上で驚く。

やむを得ず幼少で爵位を継ぐ者、そして爵位に相応しい風格を持った老齢の者…正臣が想像していたのは、そのどちらかだろうか。

だが、目の前に立つのは、三十代半ばの、威風堂々とした美丈夫だ。

紳士的で艶めいた完成された男の魅力を、存分に放っている。

そして、ヴァンパイアとしての性質、というのだろうか、人を惑わす淫靡で官能な男性としての性的魅力が、彼には備わっている。

アレイストの姿を見れば、誰もが一目で魅了《みりょう》されてしまうだろう。

幻惑されるような浮遊感と共に、女性は自ら首筋を彼らに差し出す。

そして得られる快楽に溺れ、ヴァンパイアの虜《とりこ》となる。

「アレイスト様。申し訳ありません。このような場所でお騒がせしまして」

「何者だ？」

「あの、俺は…」

「私の学生時代の友人です」

ジロリと、アレイストが正臣を見た。

「現在は、植物学の研究をしているそうです。それで、採取にある程度まとまった日程が必要で、滞在できる場所を探しているそうなのですが…こちらに泊めて欲しいと」

言いにくそうに告げる。

だが、その声音に、アレイストに対する懇願が混ざるのに、晶緋は自分のことながらも気づいた。

久しぶりの学生時代の友人という懐かしさも、晶緋の胸には生じている。

「お前は？　晶緋」

「できれば、…少しでも助けてあげたいとは、思いますけれど…」

アレイストが承諾するわけがない。人と交わるのを好まない人だ。

そう思って寂しげに顔を曇らせながら、アレイストを窺《うかが》うと…。

「いいだろう」

「え？」

「いいんですかっ!?」

晶緋は耳を疑った。

「ありがとうございます…！」

訊き返すより前に、既に正臣は心から喜んでいる。

「空いている部屋を用意すればいい」

「…はい。かしこまりました」

アレイストが許可したのなら、それに異を唱える権利は晶緋にはない。

背を向けるアレイストに、晶緋は深々と頭を下げる。

なぜ、正臣を泊めることを許可したのだろう。

正体が露呈する危険を伴うのに。

困惑しながら晶緋はアレイストを見送った。その姿が見えなくなった途端、正臣が口を開いた。

「今の人が、晶緋が仕えるこの屋敷の主人なのか？」

「ええ、そうです」

晶緋は答えると、正臣を促す。

「主人の許可がある以上、いつまでもこの場所で立ち話をさせるわけにはいきません。客人用の部屋に案内します。こちらへ」

「すまないな。でも、助かるよ」

晶緋が歩き出すと、正臣はその後を大人《おとな》しくついてくる。

正臣は歩くたびに周囲を見渡し、口を開けながら感嘆のため息をついている。

「すごい屋敷だな。幾つ部屋があるんだ？　お前は把握しているのか？」

「…大体は」

その中には、アレイストに絶対に入ってはいけないと言われている部屋もある。

執事でありながら、主人の許可が得られず、すべての部屋を把握しているわけではない。

自分が儀式を執り行われた場所も…晶緋が知らなかった場所だった。

「ベルベッドのカーテン…か。高級だが遮光《しゃこう》は抜群で、部屋が薄暗くなるのが欠点か」

意識はしていないのだろうが、正臣の指摘は晶緋の身を竦ませる。

「驚いたよ。あの雰囲気、目を見た途端背筋を電流に貫かれるような迫力、ただものじゃない。まるでヴァンパイアみたいだ」

何気なく、正臣が言った。

「ヴァンパイア?」

ぎくりと、晶緋の肩が跳ねる。足を止めて振り返ると、正臣の驚いた顔にかち合う。

「どうしたんだ? そんな青ざめた顔をして」

「い、いいえ」

鋭い指摘を否定しながら、晶緋は慌てて取り繕うように強張った表情を解く。

「ヴァンパイアって言えば、…そういえば、この辺で何かあったんじゃなかったかな」

正臣が考え込むように言った。

心臓が跳ね上がる。

「血を抜かれた死体が発見されたのは、この辺じゃなかったか?」

「…そうですね」

警察が周囲に注意を呼びかけているのを、この辺りで知らない者はいない。知らない振りをするほうが不自然だ。

晶緋が同意すると、正臣は言った。

「まだ犯人は捕まっていないらしいな。お前も気をつけろよ。俺が用心棒になってやろうか? もしかしたら、彼が俺を泊めるのに同意したのは、不用心だと思ってのことかもしれないしな」

「用心棒なんて、必要ないと思いますけど…」

「そうか？　そう思っているのはお前だけじゃないのか、晶緋。これだけ広い屋敷だ。侵入者がいても、すぐに気づくことは難しいだろう」

「でも、この屋敷に侵入して何の得がありますか？」

「高価な調度品はもちろんだが…それより、お前、なんてのはどうだ？」

「え？」

晶緋は正臣の言う意図が分からず、困惑に眉を寄せる。

「何も取らずとも、お前の美貌が不審者を惹きつける要素になりうるってことだ」

「…そんなことがあるわけ…」

「いや。ずいぶん雰囲気が変わったな」

「雰囲気？」

「艶めいて、色っぽくなった」

その言葉に、晶緋の胸がドキリと鳴った。

困って返事ができないでいると、正臣は話題を変える。

「よくこの薄暗い場所で暮らせるな。執事という仕事を選んだのも、伯爵がいるから、そう言っていたな」

「……」

昔、素直に慕っていた頃のことだ。

「どうかしたのか？」

「私は…あの人に拾われて、育ててもらったから」

「そうだったのか？」

正臣が驚いた顔をする。

今まで誰にも告げなかった過去だ。

「だから、少しでも役に立ちたいと思っていました…」

思っていた。

過去形で話す晶緋に、正臣は片眉をそびやかしてみせた。


その日の夕食は、正臣もアレイストと同じテーブルに着いた。

そして、クリストファーがいる。

「晶緋、君もテーブルには着かないの？　うちの執事に給仕させてもいいのに」

「いえ、これは私の仕事ですから」

ささやかな抵抗かもしれなかった。

花嫁という立場に迎えられたことを、クリストファーとその執事のヴァンは知っている。

だから、クリストファーは晶緋を、同等の立場として、扱おうとするのだ。

だが、その立場を、晶緋は納得していない。

学校の寄宿舎に戻った刻の代わりに、今度は正臣が刻のいた席に座る。

相変わらず、控え目な態度で接する晶緋に、アレイストはなぜか不満げだ。

給仕しながら正臣の様子を窺うが、彼は如才なくアレイストとの会話を続けていた。

「ええ、こちらの植物なんですが、この地域一体に生息するのは、どういうわけか緋色《ひいろ》になるんです。土壌が関係しているんだとは思うのですが、一般的に赤はないとされてきました。新種なのか、異種なのか、採取しながら地質とともに研究したいと」

食後の紅茶のカップを傾けながら、正臣が研究に熱意のあるところを、アレイストにみせている。

「緋色に、ね」

ダイニングにアレイストの低い声が、印象的なほどに響く。

「ええ。この地方では以前、ヴァンパイアと疑われた人間の大量の殺戮《さつりく》が行われた歴史があるとか。土の下に眠るその血を吸ったせいで緋色の花を咲かせる、なんてのは、おかしな想像でしょうか」

はっとしながら、慌てて晶緋は、正臣とアレイストを見た。

正臣に他意があったわけではないだろう。正臣は平然とフォークを口に運んでいる。

「あながち、間違いでもないかもしれないな」

不安げにアレイストを見つめるが、彼は平然と返した。

「まあ、そんな伝説より、研究者としては、日照時間の少なさも、発色に関係しているのではないかと思っています」

その言葉は、強い光を浴びることが苦手なあの存在を思い起こさせた。

「それを調べたいんだろう？　存分に調査すればいい」

アレイストは一筋の動揺も浮かべていない。

わずかに正臣の瞳に残念そうな光が浮かんだような気がしたのは、晶緋の錯覚だろうか。

なぜ、正臣がこんな話題を持ち出したのか。

単なる偶然だと思いながらも、嫌な不安が最後まで拭《ぬぐ》えなかった。

夜、ブランデーをクリスタルのロックグラスに入れて、晶緋はアレイストの部屋に運ぶ。

「今日は友人の滞在の許可をいただいて、申し訳ありませんでした」

ベッドサイドのテーブルにトレイを置くと、晶緋は窓際に立つアレイストに向かって声を掛ける。

「それでは…」

退出しようとした晶緋の腕をアレイストが掴み、引き止めた。

「あの男とはずいぶん親しい様子だったな」

「ええ、同じ日本人ということもあって、親しみを感じてくれていたようで…」

嘘をついた。

告白されたこと、口唇を奪われた過去があること、それは告げられなかった。

アレイストが、晶緋を背後から腕の中に閉じ込める。

晶緋の役割は、執事だけではない。執事としての仕事をしながら、こうして…花嫁としての務めを、毎晩のように求められている。

アレイストが晶緋を抱かなかったのは初夜の翌日の晩だけだ。

いくら十分に解されたといっても、初めて男を呑み込まされたダメージは身体に濃く残り、起き上がるのもつらかった。

だが、その次の日晶緋の身体が快復すると、アレイストは晶緋を再び抱いたのだ。

アレイストが自分を抱くのは、クリストファーに対する、単なるポーズなのかと思っていたから、晶緋は再びアレイストに求められたとき、酷く驚いた。

儀礼的に一度だけ身体を重ねれば十分だろうと思ったのに、その日以来、アレイストは毎晩のように晶緋を寝室へ呼び、ベッドへと運ぶのだ。

アレイストは晶緋の身体にあますところなく口唇を滑らせ、晶緋の弱い部分を一つ一つ探り当てていった。蕩《とろ》けるような快楽に溺れさせるように、アレイストは晶緋を抱く。

その抱き方は、まるで自分の欲望を果たすよりも、晶緋に快楽を植えつけるのを目的とするかのようで、晶緋は際限なく乱れ、泣きながら喘ぐことしかできない。

身体はとっくにアレイストに抱かれることを悦んでいる。

毎朝、抱かれたことが丸分かりの潤《うる》みきった瞳でダイニングテーブルに着く晶緋を、クリストファーとヴァンはどう思っているのかといたたまれない気持ちを味わわされる。

クリストファーはともかく、ヴァンも晶緋の立場に気づいたようだ。だが聡明な彼は、微塵も感情を悟らせない。

乱れた主人のシーツを取り替えるメイドの少年も、晶緋のことをどう感じているのか不安になる。

何より晶緋をいたたまれない気持ちに陥らせるのは、アレイストがなぜ自分を毎晩求めるのかということだ。

しかも、ただ欲望を果たすためだけに晶緋の身体を突き上げるのではなく、わざわざ昂ぶらせるように愛撫を与えるのだ。そうされれば、彼の身体にしがみつき、強くすがりついて彼を求める淫らな言葉を口から迸らせてしまいそうになる。

それが怖くて晶緋は言った。

「今日は、…お許しください…」

弱々しい抵抗を試みる。

主人の命令は絶対だ。執事というものは、主人に仕える従事職だ。主人が求めればどんな命令にも応えなければならない。

そのつもりでこの仕事に向き合ってはきたけれど、初めて抱かれた晩以来、アレイストが自分に求めるのは、花嫁としての彼への従属だ。

「身体がつらいのか?」

アレイストに問われ、晶緋はすぐに肯定できなかった。

アレイストが、ふ…っと口元を緩ませた。

「そうではないだろうな。お前の身体は大分私に慣れている。今はそう負担でもないだろう？」

晶緋の身体の変化を一番よく知っているのは、晶緋を抱くこの男なのだ。

まだ、婚姻の儀を行ってから一週間と経ってはいないのに、既に晶緋の大切な部分は、アレイストのものの形を覚え込まされていた。

毎日身体を合わせるなど、まるで、本当に花嫁として迎えられ、新婚生活を送っているかのようだ。

衝撃の初夜を済ませてから、官能を毎日のように身体に刻みつけられた。

「あ…っ…」

身じろげば、抵抗と取られたのか、目の前の壁に身体を押しつけられる。

背後のアレイストとの間に、身体を閉じ込められ、もう逃げることはできなくなる。

「お前はここが弱かったな」

アレイストの指先が、器用にベストのボタンを外していく。

そして、その中のシャツのボタンを取り、胸元に掌が潜り込む。

毎日のように身体を繋げていれば、晶緋がどこが弱いかなど、すぐにアレイストにさとられてしまう。

「あっ、あっ…」

胸をまさぐられる感触に、晶緋は嬌声を上げた。

「ん、んん…っ」

女のように晶緋は感じている。

びくびくと全身を小刻みに震わせながら、胸に灯る痺れるような快楽を甘受する。

「どうか…。アレイスト様」

震える声で、必死に許しを請《こ》う。

けれど、その意志を奪うように、きゅきゅ…っとアレイストが胸の突起を摘《つま》む。

摘み上げられ、指の腹で擦られれば、胸が焼けるように熱くなる。

胸に生じた熱は、下肢に流れ込んでいく。

「お前は私の花嫁だろう?」

花嫁という身分に納得などしていない。

「私は…執事ですから…」

自分を花嫁と認めたくはなくて、晶緋は言った。

「ならばお前の役割は、主人の命令に従うことだろう?」

逆に、言葉尻を取られてしまう。

アレイストも、晶緋が花嫁という立場を、受け入れてはいないことを知っている。

(どうして…)

アレイスト自身も、晶緋が花嫁であることを、納得などしていないだろう。

なのにどうして、こうやって、夜毎晶緋を呼び出し、抱くのか…。

本当に好きな相手がいるのに、クリストファーによって、無理やり婚姻させられたようなものなのに。

それによって、晶緋は意志を奪われるしもべにはならずに済んだものの。

嫌々迎えた花嫁ならば、どう扱ってもいいと、思われているのだろうか。

婚姻しても、二人の関係は変わらない。

晶緋は変わらず、アレイストに使用人として接している。

初夜を迎えた後も、目覚めれば軋《きし》む身体を堪《こら》え、晶緋はいつもどおりの仕事…シャツを着せ、アレイストのネクタイを締めようとした。

だが、アレイストは晶緋の行為を押し留めた。

冷たい口唇を重ねられても、晶緋は応えられない。

「執事ならば、主人が望んだとおりにしなさい」

花嫁として従わなければ、アレイストは命令の言葉を変える。

「主人を悦ばせるために、お前はどこを差し出せばいい？」

淫らな言葉も、焦れたアレイストによって、覚え込まされた。

「どうか、私のここをお使いください…」

「しっかり広げて押さえていなさい」

立ったまま、両手で双丘《そうきゅう》を押さえた姿を、アレイストの眼前に晒す。

冷たいものが蕾に塗りつけられる。

ヴァンパイアの血……それはすぐに晶緋の中で暴れ狂う疼きの波となって、晶緋を狂わせる。

「あ、っ…ああ…っ！」

指先がズクリと潜り込む。

晶緋の蕾は、既に指の太さくらい、易々と呑み込めるようになった。

指はすぐに増やされる。

男らしい骨太の、アレイストの中指と人差し指が、同時に晶緋を突き上げる。

「あ、あう…っ」

根元まで指が潜り込み、掌さえ入り込んでしまいそうに強く突き上げられ、晶緋はその衝撃に、双丘から掌が離れそうになる。

「手を離すな」

「は、はい…」

叱りつけられ、必死で押し広げるように押さえつけた入り口を、アレイストに向けた。

ぐちゅっ…ぐちゅ…っと淫らな音が、後孔から洩れる。

アレイストが晶緋の下肢を支配し、精神をも服従させていく。

下肢を支配されること、それは、晶緋をすべて支配することに等しい。

「あっ…あぅ…っ！」

中が掻き回され、次第に柔らかく解《ほぐ》れていくのが分かる。

指で摩擦された肉は、甘く熟れ、もっと強い刺激を求めている。

指では得られない、甘い快楽を。

激しくて、きつくつらくても、それを打ち込まれれば、身体は強い充足感を覚える。

…欲しい。そそり立つアレイストのものが。

欲望に餓えた気持ちに陥る。

ここを使ってもらい、アレイストの欲望を満たす務め…そう役割を理解しながらも、晶緋自身が、アレイストの逞しいものを、欲しがっている。

「ああ、もう、…どうか」

膝から力が抜けてしまいそうになる。

せめて、壁に手を突き、身体を支えることができたなら。

そう思っても、双丘を押さえ、蕾がよく見えるよう命令されていては、逆らうことなど許されない。

「そう締めつけていては、指も引き抜けない」

淫らに収縮する反応を指摘され、晶緋の頬がこれ以上ないくらい、紅く染まった。

自分を抱くほどに、彼の苛立ちはつのるように見える。

命令をしていても、苦々しい気配が混ざるのは、なぜだろう。

苦しい行為を強いられているのは晶緋のほうなのに、アレイストのほうが苦しげにも見えるのは——…。

アレイストは、納得していないのだろう。

本当は、自分を花嫁になど、迎えたくなかった。

だから、こんなふうに、冷たく当たるのだろう。

もっと可愛らしい相手を、花嫁に迎えるはずだったのに。

なのに。その邪魔をして…。

「ここを締めつけて主人を喜ばせることも、覚えたようだな」

揺れ始める腰を、アレイストが観察している。

「執事としての仕事よりも、身体のほうが覚えが早いようだ」

身体を使って仕えるほうが覚えが早いと揶揄《やゆ》される。

「私はもう…ここ、を広げなくて…も」

燃えるように身体が熱い。

準備を施《ほどこ》さなくても、欲望を果たしたいのなら、さっさと済ませてくれればいい。でも。

「お前自身、快楽が欲しいんだろう?」

心の底の欲望を、見透かされる。

「お前も、このまま達《い》けばいい」

後孔に、指を咥《くわ》え込んだまま。

「あ、あう…っ」

激しく、アレイストが指を上下させる。

男根が出し入れされるような刺激を繰り返されるのに、どうしても、晶緋は達けない。もっと太く硬いもので貫かれ、指では届かない最奥を抉《えぐ》られる感覚を、晶緋は覚えてしまっていた。

毎日のように狭い部分を強引に力ずくで押し広げられ、晶緋の意志など無視されて、体内を荒れ狂う灼熱《しゃくねつ》の棒に掻き回されるのだ。身悶えても、打ち震えても、それでも熱杭は激しく出し入れされる。

大きく両脚を広げ、大切で、一番弱い部分をさらけ出し、ただ欲望のはけ口となるために、身体を投げ出す。

自分のすべては主人のために存在すると、思い知らされる瞬間だ。

だが驚くのは、そんな行為を強いられていても、晶緋の身体は確実に快楽を覚えていくことだ。

苦痛ではない。

逞しい男のものに貫かれ、男のいいように扱われているというのに、蕩けるような官能に、晶緋は高い声をあげ、涙を流して悦楽《えつらく》を甘受するのだ。

もっと、好きに動いて、達くために自分の身体を使って欲しい。

そんな気分にすら、陥ることがある。

男でありながら、晶緋の身体は、男に抱かれることを刻みつけられた。

そして、男の巧みなやり方で抱かれて、得られる快楽の深さを、晶緋は知ってしまった。

自慰よりも深い快楽を知った今、前への刺激よりも、後孔を男に扱われて達する刺激のほうが強い。

きっと今、前に指を絡め達したとしても、中途半端な燻《くすぶ》りが、体内に残るだけだろう。

「どうした?」

「指では…」

達することができない。

苦しい吐息を喘がせながら、晶緋は告げる。

「どうして欲しい?」

その言葉を口にするとき、晶緋は何度もためらう。

だが、蠢かされ続ける指の動きに、耐えられずに晶緋は口を開く。

「あ…ふ…ん…っ!」

自分が、こんな淫らな言葉を口にできるようになるとは、思わなかった。

「アレイスト様のものを…どうか」

教えられたとおりの言葉を、晶緋は告げる。

「私のここに…。奥まで入れて…動いてください…」

その言葉を合図に、入り口に亀頭が押し当てられる。

待ち望んだものの熱を感じ、晶緋の咽喉が無意識のうちにゴクリと鳴った。

昔は、彼のそばにいられるだけでよかった。

なのに、今の自分は、彼に抱かれたいと、その楔《くさび》に貫かれたいなどと、恥ずかしい欲望を抱いている。

「私を嫌がるな」

そのアレイストの言葉には、なぜか苦しげな吐息がまざったような気がした。

「あ、あ、あ…っ…」

長大なものが内壁を押し広げていく感覚に、晶緋は小刻みに喘いだ。

「こんなに、締めつけて。そんなに欲しかったのか？」

返事をしないでいれば、強く突き上げられた。

「あぅ…っ」

衝撃に、目の前が真っ白になる。

「入れられただけで、達くほど気持ちよかったのか？」

気づいてみれば、壁に白濁が放たれていた。

「は、はい…」

恥ずかしかった。

入れられただけで達してしまうなど、初めてだった。

そして既に陰茎は恥ずかしい蜜を放ったというのに、まだ身体は強く疼いている。

後孔を貫かれ、激しく突き上げられて達する快楽を、まだ味わっていないからだ。

男に犯されて、悦ぶ恥ずかしい身体…。

「もう…っ」

晶緋が嫌がるほどに、アレイストの行為は激しくなっていく。


楔が引き抜かれていく。

「あ…っ…」

引き抜かれていくその感触にすら、甘い快楽が込み上げた。

アレイストの寝室のベッドの上に、晶緋はぐったりと身を投げ出す。

立ったまま犯された後、膝に力が入らずに崩れ落ちていく身体を、アレイストがベッドへと抱き上げて連れて行ったのだ。

脚の付け根が痛む。軋む身体を奮い立たせ、晶緋は身を起こす。

乱れ、散らばった服を拾い集めると、晶緋はシャツを羽織った。

自分の服を、冷静に直していく。

アレイストの隣で目覚めたのは、初夜を迎えた後だけ。それ以後、晶緋がアレイストのベッドで眠ったことは一度もなかった。

晶緋が服を直している間に、殆ど乱れのないアレイストが、着衣を整えてしまう。

「お待ちください」

晶緋は告げると、立ち上がる。

足に力が入らない。それを堪え、足元に力を込める。

「…上着を」

喘ぎ続けていたせいで、声が掠れていた。

アレイストに上着を着せ掛ける役目、それは晶緋の仕事だ。

甘えることは一切せず、仕事だから、業務だから、そういう態度で、晶緋はアレイストに接する。

自分の身体を無理やり征服した男の着衣を、晶緋は整える。

苦々しい光を瞳に浮かべながら、晶緋の行為をアレイストが見下ろしている。

「水を持とう」

晶緋の掠れた声に気づき、アレイストが告げる。

無理やり抱いた後は、なぜかアレイストが優しくなるような気がする。

だが、それは一層、晶緋を惨《みじ》めにさせた。
同情するなら、最初から偽りの花嫁になど、しなければよかったのに。
しもべにすれば、よかったのに。
「いえ」
きっぱりと晶緋は言った。
「あなたのような立場の方が、…そのようなことをすべきではありませんから」
晶緋はそっと目を伏せる。
花嫁でありながら、主従の立場を、晶緋は崩さない。
自分の存在価値は、一体、何なのだろうと、晶緋は思った。
今は弟の身代わりで、アレイストの花嫁を務める。
自分を本当に欲しがり、自分を本当に必要としてくれる居場所。
それはどこかに、あるのだろうか。
アレイストが言った、ヴァンパイアがこの世に存在する価値と同じように。
晶緋は自分を犯した相手に、甲斐甲斐しく世話を焼く。
抱き起こそうとするアレイストの掌を突っぱねると、晶緋は自ら起き上がる。
アレイストの行為のすべてを、晶緋は拒絶する。

もう二度と、アレイストが差し伸べる掌を取ることは、晶緋にはない。

食器の管理のために、晶緋がダイニングに向かおうとすると、クリストファーと擦れ違った。

「晶緋、後から僕の部屋に、ブランデーと氷の用意をして、持ってきてくれないか？　後はヴァンが作るから」

「かしこまりました」

ブランデーは、晶緋が刻を送るために街に下りたときに買ってきていた。

そのときに、また新たな犠牲者が出たことを、晶緋は聞いていた。街はその噂で持ちきりだ。

アレイストや、クリストファーが首筋をナイフで傷つけるような真似をするはずがない。

だから、昨今《さっこん》のヴァンパイア騒ぎは、彼らが起こしたものではないだろう。

それどころか、クリストファーはプライドを傷つけられたかのように、不快そうに眉をしかめていた。

クリストファーはどうやら、事件の真相を確かめるまでは、この地に滞在することに決めたらしい。

犯人は、何が狙いでヴァンパイアの仕業《しわざ》に見せかけようとするのか。

それとも、ヴァンパイアに疑惑の矛先《ほこさき》が向くように仕向けるのが狙いではなく、血に飢えた単なる異常享楽者の仕業なのか…。

「そういえば君の友人、彼は植物学の研究者らしいね」

珍しく、クリストファーが晶緋に話し掛ける。

「学生時代の友人?」

「はい、そうですが…それが、何か?」

「植物学の研究者、ね。ずっと連絡を取り合ってたの?」

「いえ、高校を卒業して以来です」

「何で急にここを訪ねてきたんだろうね。ヴァンパイア騒ぎがあってから、なんて、ずいぶん、タイミングがよすぎない? 植物学者ってのも怪しいんじゃない? もしかしたらアレイストを疑ってやってきた…なんてこともあるかもよ」

「え…?」

アレイストを疑って…?

「それに彼、たまに深夜、部屋を抜け出しているらしいよ。もう少し見回りをきちんとしてみたら？」

そう言い残すと、クリストファーは客間へと戻っていった。


正臣が深夜、部屋を抜け出している……？

そんなことは初めて知った。

最近起こっている殺人事件…。怪しく胸がざわめく。

まさか正臣が…犯人だとは思わないけれど、アレイストを疑ってやってきたというのなら、その可能性はあるのかもしれない。

ただ、自分が先日、クリストファーの真の姿を見てしまったように、他に誰かが、アレイストとクリストファーが城を抜け出して、街にいたのを見ていたとしたら？

そして、その時二人と接触していたしもべとなった女性を不審に感じた誰かが、二人を殺人犯として疑っていたら…？

だから正臣はやってきたのだろうか。

そうしたら、アレイストはどうなるのだろう。

もし、ヴァンパイアだということが周囲に露呈したら。

様々なことが脳裏を渦巻く。

だが、昔からの友人が、晶緋に嘘をついて何かを調べているようなことをしているとは思いたくはなかった。

ただ、クリストファーが言うとおり、夜の見回りはきちんとしたほうがいいかもしれない。

見回りの前に、クリストファーから言われた寝酒を用意し、ワゴンにのせて廊下を歩く。

早く犯人が見つかって欲しい。

首を切り裂く殺人事件のようなものが起こらなければ、普通に暮らすことができたのに。

犯人。

それは一体、何者だろうか。

そして、動機は。

昔からヴァンパイア伝説があるこの土地で、あのような殺人事件が起こってからは、それがヴァンパイアの仕業ではないかという噂がまことしやかにささやかれるようになった。

一部の住人は、本気でヴァンパイアを討伐《とうばつ》しようとしている。

ヴァンパイアに罪をなすりつけて駆逐《くちく》するのだとしたら、そこには、ヴァンパイアに対する恨みのようなものでも、あるのだろうか。

「ヴァン」という、ヴァンパイアの研究者として有名な著書に登場する人物と、奇《く》しくも同じ名前を持つクリストファーの執事を思い浮かべる。

この名前の一致は何かを暗示しているのだろうか…？　でもあんなに忠実な執事とは関係がないだろう。

「クリストファー様…」

扉の外から遠慮がちに声を掛ける。

だが、返答はない。

洩れる薄暗い光に、中を窺うと…。

重なり合う身体が見えた。

晶緋の動作が止まる。

（一体…）

「…あ、…ぅ…っ、もう、いいから…。早くその楔《くさび》で僕を…」

「かしこまりました、クリストファー様…」

いつも真面目で平静そのままの声が、艶やかに濡れている。

大きく開いた両足、その狭間にヴァンの姿がある。

ヴァンが腰を突き入れた。

（まさか…っ）

自分の目に飛び込んできた光景が信じられなくて、晶緋は目を見開く。

まさか。

…信じられない。

意外すぎる二人の行為に、晶緋の足が動けなくなる。

「う…っ、あう…っ」

気が強く、生意気そうにも見えたクリストファーの表情が、今は弱々しくなる。

眉を寄せ、挿入《そうにゅう》の衝撃に耐えている。

「おつらいですか？」

ヴァンが訊く。

けれど、腰を引き抜く気配はない。

「お前は主人をつらい目に合わせるのか？」

弱々しい表情を見せたのは一瞬で、クリストファーはきつい目で、ヴァンを見返した。

「いえ」

ヴァンは否定すると、柔らかく腰を回し、クリストファーに己のものを馴染ませる。

「いかがですか？　もう苦しくはないでしょう？」

ヴァンの掌が、クリストファーのものの前に回り、刺激を与えながら艶かしく腰を蠢かしていた。

「あ、ぅ…っ」

「いかがですか？　いかようにも動いて、あなた様をご満足させましょう」

「もっと、だ…」

艶めいた声で、クリストファーが誘う。痴態《ちたい》を晒し、淫らな行為をねだる。

「もっと？」

「動いて、奥を突け…あ…っ」

酷く淫猥《いんわい》だが、欲望に忠実だ。

「はい」

命令に、ヴァンは素直に頷く。

激しい接合音が響く。

慣れているような様子をみせるクリストファーに、ヴァンは容赦しない。

また、激しくされるほど、クリストファーは感じているようだった。

「私を、後ろだけで、達かせてみろ」

そして、達する瞬間、クリストファーはヴァンの首を引き寄せ、口唇に口づけた。

ヴァンも深い口づけに応えようとする。

主人の欲望を果たすために、命令されてヴァンはクリストファーを抱いているのかと思ったが、その光景からは、そうは見えない。

「あ…っ…また…あ」

達したばかりだというのにヴァンはクリストファーの中で再び動き出した。

(まさか…あの二人が…)

気の強いクリストファーが、従僕として扱っている彼の好きなように、身体を扱わせているなんて。

ヴァンも、クリストファーに付き従っているときの姿とは別人のように、激しくクリストファーを抱いている。

時折、クリストファーが背をしならせて、腰を逃がそうとしても引き戻し、楔を突き入れている。

「…あ、…あ。お前は命令に従い、僕に奉仕するのが役目だ…」

クリストファーが伸ばした腕を、ヴァンが己の首に巻きつかせ、そして自らの腕をクリストファーに絡ませた。

きつく、ヴァンがクリストファーを抱き締める。

「ええ。何があろうとも、…この命賭けて。命を賭けて主人にお仕えする、それが執事としての、務めですから」

ヴァンがクリストファーを抱き締める腕が、ぎゅ、と音を立てたような気がした。

それほどに、強く。

呪縛《じゅばく》に囚《とら》われたかのように動けなかった晶緋の足が、やっと動けるようになる。

晶緋はクリストファーに頼まれた寝酒を用意したワゴンを残し、その場を立ち去った。


夜の見回りを済ませ、晶緋は最後の報告、アレイストの元に向かう。

一日の報告を、アレイストにするのだ。

そして、主人に何か不足がないかを訊ね、翌日までにそれらを用意する。

「今、ここに来る前にどこに行っていた?」

「…クリストファー様のところに、お酒をお届けに」

「頬が紅いな」

身体が火照っている。先ほどの情事が目の前をちらついて離れない。

うっすらと薄紅色に上気した晶緋の首筋を、アレイストは瞬時に見抜いた。

「煽《あお》られでもしたのか？」

か…っと晶緋の頬に血が昇る。

「あのお二人のこと、ご存知だったのですか？」

「…ああ」

アレイストが立ち上がる。まさか、今日も。

「そのままでは火照って眠れないだろう。じっとしていなさい。一度達かせてあげよう」

アレイストは晶緋の恥ずかしい反応を、責めはしなかった。

「い、いえ、私は…」

先ほどの光景のせいで、晶緋の恥ずかしい部分は熱を集め始めていた。充血し始めた下肢は、アレイストの言葉にあさましい期待を抱いた。

それは、アレイストに抱かれるようになってから、初めての経験だった。自慰ではなく、彼の掌に包み込まれてしまいたい。

アレイストの指先が、晶緋のタイに掛かる。

それが引き抜かれていく、しゅるり…という音が、妙に大きく晶緋の耳に響いた。

「服を脱いで、こっちに来るんだ」

アレイストの命令は呪縛《じゅばく》のように晶緋をとらえ、逆らえなくさせる。

羞恥に晶緋は顔を逸らす。

「…はい…アレイスト様…」

うつむきながら、やっと応えた。

先ほど見た情景が、目の前に蘇る。

淫らで、官能的な光景…。

楔はクリストファーの中に潜り込み、ぬちゃぬちゃという音とともに、クリストファーを追い上げていた。

自分もあんなふうに両足を広げた恥ずかしい格好をしているのかと思えば、羞恥に目の前が真っ赤に染まる。

けれど、なぜか彼らをいやらしいようには感じなかった。

それどころか、強い絆《きずな》のようなものを感じた。

ぴったりと肌を重ね合わせ、お互いがお互いを求め合うように、二人は抱き合っていた。

彼らはお互いの存在を必要としているようだ。ヴァンの存在意義は、クリストファーにあるかのようだ。

恥じらいに頬を染めたまま上着を脱げないでいる晶緋に、アレイストは自ら歩み寄ると、腕の中にその身体を抱き寄せる。

「…あ…」

うつむいたままの顎《あご》に長い指先がかかり、アレイストは晶緋の顔を上げさせると、口唇を重ねた。

晶緋が嫌がるのに、アレイストは必ず行為の始まりには口唇を重ねる。そして、欲望を果たした後にも。

「ん…っ…ん」

お互いに唾液を絡ませ、粘膜を舐めあうようなキスをしていると、どこまでが自分の身体でどこまでが彼の身体なのか、境界線が分からなくなってくる。

晶緋の前はもう、はちきれんばかりに熱く膨らんでいる。

すると、アレイストは晶緋をベッドの上へと横たえた。窮屈な布の中で痛い思いをする前に、アレイストは充血しきって苦しげな下肢から先に、布を取り去ってくれる。

「あ、アレイスト様、そこは…」

アレイストが晶緋のものを扱《しご》いたのだ。

焦らすような意地悪なことはされず、晶緋は追い上げられ、すぐに禁忌《きんき》を解く。

「あ、ああ！」

放出の心地よさと衝撃に目の前が真っ白になる。

軽く扱かれただけで達してしまった自分のはしたなさに泣きそうになった。

「敏感になったな」

アレイストが晶緋の反応を見て、満足げに言った。

毎晩抱かれ続け、晶緋の身体は確実に、アレイストに抱かれるためのものへ変化している。

そして、放出しただけではもう満足できず、その奥の秘められた部分が強く疼いた。

自分ばかりが、達ってしまった恥ずかしい表情を見られるのは嫌だった。

アレイストと一緒に達きたい。

そんな願いを抱く自分に晶緋は愕然とする。

「…いいか？　晶緋。私もお前の中で達きたい」

晶緋の都合など無視してもいいのに、アレイストはそう尋ねた。

晶緋のほうから淫らな言葉でねだらずにすむ。

アレイストが無理やり晶緋の身体を開こうとしているのだ、そんな言い訳を与えてくれる。

今日はどうしてもアレイストが欲しかった。

先程のクリストファーとヴァンのように、強く抱き合って、お互いが必要で求め合っているのだという行為を、錯覚でもいいから味わってみたかったのだ。

アレイストは晶緋を傷つけないように蜜を塗りつけると蕾をほぐす。

熱く硬い先端がやっと潜り込んできたとき、晶緋は歓喜に身体をうち震わせた。

「あ、ああ！」

一つになる。

初めから激しく突き上げられ、快楽の波にさらわれる。

「ああ、ああ…」

晶緋が泣きながら、全身を快楽に染め上げ乱れれば、アレイストはきつく晶緋を抱きしめた。

（…あ…）

たまらず、晶緋はアレイストの首に、自ら腕を回した。

すると、アレイストは一層強く、晶緋を抱きしめてくれるのだ。

クリストファーとヴァンの抱擁《ほうよう》よりも、深くて熱いものだったかもしれない。

「…いや、いやです、アレイスト様…」

抵抗の言葉は、拒絶の意味ではない。

激しく前後する腰の動きに際限なく乱され、もっと恥ずかしい痴態《ちたい》を晒《さら》してしまいそうだった。

「もっと乱れればいい。私が受け止めてやる」

甘く胸を震わせるようなささやきだった。

そのささやきに誘われるように、晶緋は最後の理性を飛ばす。

「アレイスト様ぁぁ、ぁ」

顔を涙で濡らし、ただアレイストの名を呼びながら、彼の身体にしがみつく。

アレイストは、晶緋をひたすら追い上げるように強く腰を回し、襞を抉《えぐ》り、そして晶緋は快楽の激しさにすすり泣いた。

こんなに感じたことは、今までなかったかもしれない。

そして、何よりも晶緋の身体を感じさせ、胸を甘くさせたのは、男の証を中に注ぎ込まれた後に与えられた、アレイストの口づけだった。

朝、晶緋は潤んだ瞳のまま身支度を整えていた。泣かされ続けた目の縁《ふち》は、赤く熱を持っている。

遠慮がちに晶緋の部屋の扉がノックされた。

「はい」

アレイストならば、ノックをするような真似はしない。

誰かと思いながら返事をすると、すぐに扉は開いた。

「晶緋、いいか？」

「正臣さん、どうしたんですか？」

ブラックのシャツを着た正臣が立っていた。

胸元のボタンを外したラフな姿だが、それが彼の雰囲気には合う。

正臣は晶緋の部屋に入ると、すぐに後ろ手に扉を閉めた。

正臣も、なぜか目を赤く充血させていた。

「何ですか？　こんな朝に。赤い目をして。あまり眠れなかったんですか？」

何気なく訊ねると、正臣は晶緋の両腕を掴んだ。

「…何の用です？」

正面から、正臣が晶緋の目を見据える。

振り解《ほど》こうとして、その真剣な目の色に、晶緋は身動きを止める。

息を吸い込むと、正臣は一息に言った。

覚悟を決めたかのような、気配があった。

「お前、…辞めろ！　こんな仕事」

「何を言い出すんですか？」

困惑に、晶緋は眉根を寄せる。

「いきなり、何を」

「お前が一番よく分かっているんじゃないのか？　理由を俺に直接言わせたいか？」

聞きたくはないだろう、と正臣が含む。

「あいつは、お前に何をしている？」

はっと晶緋は息を呑んだ。

正臣があいつ呼ばわりするようになる心当たりは、一つだ。

「アレイスト様のことですか？」

「なぜ、あいつのことを『様』だなんて言うんだ！　あいつがお前にしていることは、許されることじゃない。まさかあいつは昔から、育てる代わりにお前を縛りつけていたのか？　あんなに、お前は嫌がっていたのに」

言いにくそうなことを口にしてしまった後悔が、正臣の表情に過ぎる。

正臣の言おうとしたことがやっと分かる。昨晩の行為を、見られていたのだ。

途中、晶緋はアレイストに抗っていた。

それは、羞恥と、淫らすぎる自分への嫌悪と、理性を飛ばしてしまうことへの恐ろしさだったのだが、言葉尻だけをとれば、嫌がる晶緋を、アレイストが無理やり犯しているように見えたかもしれない。

「仕事なら俺が他にいくらでも探してやる。お前だって、こんなところで執事なんてしなくていい」

正臣は元々正義感の強い男だ。

昨晩の行為を見たのだとしたら、正臣が黙っていられるはずがないだろう。

晶緋が答えないでいると、正臣が肩を揺さぶった。

「晶緋！」

「私はここの執事です。主人が望むのなら、それに応えなければなりませんから」

正臣の目が、驚いたように見開かれる。

晶緋の答えが、意外だったのだろう。

せっかく伸ばした救いの手を、まさか拒絶されるとは思わなかったに違いない。

花嫁としての務めを強要されることを感受する晶緋の本当の理由を、正臣は知らない。

「私はここを出るつもりはありません。これからもここで…アレイスト様に仕えます」

「何で…」

そう言ったまま、正臣が絶句する。

「もし、あなたがそれを納得できないというのなら、ここにいてもらうことはできません。ここは、アレイスト様の居城ですから」

晶緋は正臣に背を向ける。そのまま振り返らず全身で正臣を拒絶する。

すると、背後で深い嘆息が聞こえた。

バタン…と扉の閉まる音とともに、晶緋は一人、部屋に残された。

友人の心からの心配が、嬉しくないわけはない。

だが、それ以上に晶緋の心を支配するのは――。

晶緋は正臣が出ていった扉を見つめながら、そ…っと目を伏せた。

正臣が夜になると部屋を抜け出す、という話を、晶緋は忘れてはいなかった。

昨晩の行為を見られたのも、正臣が部屋を出て、アレイストの部屋の前を通りかかったからだということに、晶緋は気づいた。

彼の使う客室からアレイストの寝室は離れている。

何か用がない限り、アレイストの元に来ることはない。

『何かを探っている』、クリストファーのその言葉が脳裏を過ぎる。

深夜…。晶緋が夜の見回りを終えた後、もう部屋を出る人間は誰もいない頃合を狙ったかのように、正臣の部屋の扉が開いた。

その背が、暗闇の中に溶けていく。

不審に思い、晶緋はその後をついていく。

（……？）

正臣が通路で周囲を見渡した後、彼の手元のライトが地下へ続く通路を照らした。

そこは、晶緋が入り込まないよう、アレイストに言われていた場所だ。

そして、あの儀式の時に、初めて晶緋が入ることを許された場所…。

彼は何の目的があってそこに向かうのか。

正臣が入り込んだ場所には、石の祭壇と、そして晶緋が身体を開かれた時のベールがそのままある。

それは、晶緋につらい気持ちを思い出させた。

花嫁になってからというもの、酷い抱かれ方をされてはいないと思う。

けれど、所詮晶緋は、不本意に迎えられた花嫁なのだ。毎晩のように情熱的に求められ、口唇を重ねているうちに、そのことを忘れてしまいそうになっていた。

でもあのときは、このベールの上に身を横たえられ、無理やり彼のものにされた。

楔を打ち込まれ、淫靡な快楽に身悶えながら、晶緋は何度も絶頂を迎えた…。

「何だ、このベールは？」

呟く正臣の背後で、剣が振り下ろされるのを晶緋は見た。

（あ…っ！）

「く…っ」

寸前で避けた正臣が、石の床に倒れ込む。

その首筋に、アレイストは剣を突きつけていた。

まさか、アレイストが正臣を殺そうとしている？

「…さすがの身のこなしだな。一介の研究者には見えない」

「俺を試したのか？」

挑むように言うと、正臣が懐《ふところ》に忍ばせていたものを取り出す。

鋭利な刃物がアレイストの剣を弾く。

不意の行為に、アレイストの指先を、わずかに正臣のナイフが傷つける。

「あ…っ！」

だがそれはすぐに、アレイストによって弾かれてしまう。

そして、圧倒的な力で、捻じ伏せられる。

アレイストが不快そうに、正臣に剣を振り上げる。

正臣の首筋には、剣を突きつけられたときの、一筋の血の痕ができていた。

「アレイスト様…！　やめてください！」

慌てて庇おうと、晶緋は正臣の前に飛び出す。

普通の人間である正臣がアレイストに敵うわけがない。

晶緋が正臣を庇うのは、アレイストの方が絶対に勝つと分かっているからだ。

この場にいたのは正臣の非だ。たとえ、勝手に忍び込んだ彼の行為が許されないものだとしても、負けると分かっている勝負を、見過ごすことはできない。

それに、今朝正臣は晶緋の身を案じ、心から心配してくれた。最初に彼をこの城に引き入れてしまった晶緋にも責任がある。

「彼は私の友人です。もし彼が何かをしたとしたら、私の責任です。彼を傷つけるというのなら、代わりに私を」

「お前、晶緋…」

驚きに目を見開きながら、正臣が晶緋とアレイストを見やる。

身を挺して正臣を守ろうとする晶緋に、アレイストの顔が歪む。

なぜか責められているような気分に陥り、晶緋の胸が疼いた。

どうして正臣を庇ったことで、アレイストが傷ついたような表情を見せるのだろう。

顔をしかめながら、正臣が首筋に手をやる。眼前に引き戻すと、そこには血の色がついていた。

そして、自らがつけたアレイストの怪我の状態を確かめようとアレイストを見るが、確かに指先につけたはずの傷痕が、すぐに塞がっていくのが見えた。

「傷が…消えた!?　やはり化け物なのか!?」

正臣が叫ぶ。

「やはり…！　お前は…！」

正臣の顔に、嫌悪以上の強い感情が浮かんだ。

「俺の妹を覚えているか…っ!!」

瞳には、まるで憎しみを湛えたかのような色が浮かんでいる。
咄嗟《とっさ》に、正臣がアレイストに掴みかかろうとする。
だが、アレイストが彼を睨《にら》みつけた途端、彼の足は動かなくなった。
正臣の目が驚愕《きょうがく》に見開かれる。
「化け物」、そういう正臣の反応を見て、アレイストが苦々しい表情で晶緋を見た。
晶緋も、ふさがる傷を見せられれば驚きを隠せない。
だが、正臣のような嫌悪を感じはしない。
「アレイスト様…」
正臣はアレイストの力を見せつけられた。
正体に感づいた者は意思を奪われ木偶にされる。
青ざめたままアレイストを見上げるが、彼は正臣に牙を突き立てたりはしなかった。
コートの裾を翻して、その場を立ち去っていく。
なぜ…?
どうして、正臣を助けたのだろう。
正臣の前に晶緋が飛び出したときに見せた、アレイストの苦々しい瞳が忘れられない。
まさか晶緋が懇願したせいではないとは思うが。

異質な存在である彼の、人を超越した力を、初めて見せつけられたときのことを思い出す。

——まだ彼が、ヴァンパイアだと知らなかった頃のことだ。

アレイストが傷を負ったことがあった。

晶緋が落として割ったガラスの破片を、晶緋の代わりに拾ったアレイストが指先を切った。

「大丈夫ですか？」

心配で、幼い晶緋は訊ねる。

鋭い破片のせいでついた、傷は深い。

けれど、それは晶緋が見ている前で、みるみる塞がっていく。

はっとしたように、アレイストが晶緋を見た。

既に、傷は塞がっていた。普通ならば、ありえないことだ。

「お前は、気味が悪いとは思わないのか？」

気まずげにアレイストが言った。

「なぜですか？」

本気で、晶緋は分からずに訊いた。

傷が治って、よかった。

そう思って、ほっこりと微笑みながら、少しも傷の跡のない指先を見つめる。

「もう、痛くはないですか？　傷が治ったなら、もう大丈夫ですよね？」

心から安堵する。

すると、アレイストは言った。

「もし、俺が…こんなふうに普通ではない力を持っているとしたら、どうする？」

普通ではない力。

それが何を指すのかは、当時の晶緋は分からなかったけれども。

アレイストが訊ねるように、気味が悪いと思うことは一切ないだろう。これからも。

「アレイスト様がどんな力を持っていたとしても、アレイスト様はアレイスト様でしょう？」

その言葉は、自然と心から溢れ出していた。

たとえアレイストがどんな力を持っていたとしても、晶緋の気持ちが変わることはない。

もしかしたら、晶緋にアレイストが一線を引いて接しようとするのは、今見たような力のせいかもしれないと、晶緋は思った。

けれど、どんな姿を見せられても構わない。

それどころか、もっと、色んな姿を見せて欲しいと、晶緋は思った。

遠慮などしなくてもいい。

たまにアレイストが晶緋を遠ざけるのが、晶緋のアレイストに対する態度が変わるのを恐れているからだとしたら、不要な心配だと告げたい。

そう思っている。

素直な心で、晶緋は言った。

「傷が治って、よかった」

アレイストの指先をすくい取る。

すると、アレイストは困ったような微笑を浮かべた。

心からの笑顔を見たことはなかったけれども、滅多に見られないアレイストの微笑みが自分に向けられたことに、晶緋は胸を高鳴らせた。

その微笑みが、何も分かってはいない子供に対する諦めの笑みだったのかそうでないかは、分からない。

でも、二人の間に、優しい時間が流れたような気がした。

彼を、晶緋は心から信じていた。

幸せだった頃の思い出だった——。


アレイストが立ち去ったあとの石畳の部屋で、正臣が晶緋に訊ねる。

「あいつは、化け物なのか…っ⁉」

「…違います…！」

晶緋は否定する。

そんな言葉で、彼を片づけて欲しくはない。

「だが、あの傷が塞がっていくのを見たか？　そして、俺の身体が動かなくなったことも」

憎々しげに、正臣が吐き捨てる。

「やはりあいつは、ヴァンパイア…っ⁉」

「そんなものの存在を信じてるんですか？」

晶緋が逆に訊ねる。

「いるわけがないでしょう？」

アレイストを庇おうという気持ちが、晶緋には生じている。実際に牙を突き立てられたわけではないのだ。誤魔化したい。

「だが……」

「正臣さん、あなたこそ、ここに来た本当の目的は何です？　夜中に部屋を抜け出して」

躊躇の後、正臣は口を開いた。

「俺は刑事だ。この周辺で起こった殺人事件、その捜査のためにここに来た。既に数人が犠牲になっている。首を切られて血を抜き取られる猟奇《りょうき》的な事件、そんなのは滅多にあるものじゃない。だが、どうしても犯人に繋がるものが得られない。最初は俺だって、噂だけだと思っていた。だが、あんな力を見ては、俺も疑わざるをえない」

「正臣さん……！」

彼が刑事だというのも驚いたが、晶緋が抱いていたアレイストに対する疑惑、それが悪い方向に向かっていたのだということを、晶緋は知った。

「昔から、ここに住む領主は、ヴァンパイアの伝説に関係があると聞いた。殺人が起きた晩、彼の姿を見たものがある。手がかりがなく目撃者が殆どいないこの事件、その証言は貴重だ。誰かが調べなければならない。だから俺が来た」

自分たちはここで、ひっそりと過ごしていただけなのに、正臣のように噂を信じる者もいるのだ。

「それは何かの間違いです」

「何か脅されてでもいるのか？　晶緋。あんな化け物のそばで暮らすなんて」

「違います…！」

「ヴァンパイアなんて、害に過ぎない存在だ。あんなものはこの世に必要ない。逃げるんだ、ここから」

「それは、できません」

「どうしてだ…！　晶緋」

「アレイスト様はヴァンパイアなんかじゃありません。私を育ててくれた恩人だからです」

冷たく、晶緋は言い放つ。

「とにかく、アレイスト様に歯向《はむ》かう以上、ここにあなたを住まわせるわけにはいきません。今すぐ、出ていってください。アレイスト様を傷つけようとするなら、あなたこそ私にとっての害になります」

「…わかったよ」

ガックリと正臣は肩を落とした。

「ただ、俺はお前をいつも心配している。それだけは忘れないでくれ」

正臣は言い置くと、荷物をまとめて出ていった。


一人、城を後にする正臣の背を、晶緋は見送った。

「なぜ奴と共に行かなかった?」

城に残る晶緋を、アレイストがホールで腕を組みながら見つめている。

「アレイスト様、傷は大丈夫なのですか?」

アレイストをまず心配する晶緋に、彼は驚いたようだった。

深い戸惑いを浮かべる彼に、晶緋は告げる。

「正臣は最近この近辺で起こる殺人事件を捜査している刑事だそうです」

あんな事件がなければ、平穏な日々が続いたのに。

アレイストのそばで、アレイストのためだけに仕事をする日々が。

「アレイスト様…あなたが疑われています。殺害事件が起きた日、あなたの姿を見かけたものがいると。多分、私が外出した日、かもしれません…」

「お前は、私が殺したとは思わないのか？」

「いえ、あなたがナイフで咽喉を切り裂くような真似は、なさらないと思いますから…」

「だが、ヴァンパイアだ。あの刑事だという男が、逃げ出すくらいの特別な力を持っている。お前も本当は恐ろしいんだろう？　私が。だから、あの男に言われても、逃げ出さなかった。私の報復を恐れたのか？」

「いえ……」

「一度、クリストファーの姿を見た時、逃げ出そうとして、どんな目に遭わされるのか、思い知らされたからな。本当は逃げたくて、たまらないんだろう？」

あの時逃げた意味は、違う。

それに、正臣を庇ったときのアレイストの表情も、忘れられない。

絶対に、晶緋はアレイストの味方でありたいと思っている。それは本当だ。

ただあのときは、咄嗟に弱い者を庇おうとしただけだ。そして、あの場に残されていたベールに、不本意そうだったアレイストの顔を思い出し、晶緋の意地が頭をもたげたから、というのもあったかもしれない。

いつも、彼を傷つけてしまっているような気がする。

アレイストは晶緋の身体をホールから一番近い、応接室へと引き摺っていく。

「あの男についていかずここに残ったということは、これからも私に抱かれるということだぞ?」

背後から身体が重なる。体温が上昇する。

アレイストが晶緋をいつものように抱く。

アレイストが自分を抱くのは、快楽と、楔による脅迫で逆らわないようにするためだろうか。

「こんなことをしなくても、私はあなたに、逆らいません…」

誓ったのだから。

それにたとえ、誓いがなくても、きっと自分は彼に逆らわない。

好き…だから。

たとえ、自分に振り向いてはくれなくても。

ソファで、彼に身体を無理やり繋がれる。

目の前が涙に霞む。

「こんなに、私に抱かれるのを嫌がるくせに」

それは、彼の心が自分にないせいだ。アレイストの腕に抱かれるのが嫌なわけではない。

「どうして、どうして私に…こんな、ことを…」

後を追いかけるような軽率な行動をし、あのような場面を見てしまったのが許せないのだろうか。

「お前は私の花嫁だと、言っただろう?」

「ああ、…っ、い、いや…です、いや…っ…」

今日のアレイストは、晶緋をこの場に縛りつけるように抱く。

圧倒的な質感を伴って、肉棒が体内に埋まっていく。

抱かれるたびに、心が悲鳴を上げる。

心が伴わない相手に、抱かれているのだと思うと。

彼が自分を抱く目的は、身体が彼に逆らえないように、快楽によって口を封じることだけなのだろうか。

「お願いです、アレイスト様…」

「なぜ、今日に限ってそんなに抵抗する? 本当は、あの男と逃げたかったからか?」

酷い…。

晶緋の瞳に、涙が溢れてくる。

「受け入れるのも大分《だいぶ》上手になった。初夜の時よりもさすがに、な」

晶緋の顔にか…っと鮮やかな朱が散る。

身体を、馴《な》らされていく。

まるで媚薬のようなヴァンパイアの血を含まされずとも、晶緋は感じている。

「…どうか、もう」

「駄目だ。今日は許さない」

懇願の言葉を吐く口唇を、塞がれる。

そして、力強い動きで、突き上げられる。

「ああ…っ、あ…っ！」

なぜ、自分を貫くのだろう。

自分になぜ、欲情できるのだろう。

いつか、晶緋に飽きれば、血を啜る食糧となるのだろうか。

でも、それなのにその人は、昔は自分に優しくて――。


まだ幼かった頃、金色の毛並みを持つ猫を、刻が拾ってきたことがあった。

アレイストに見つからないよう、隠して飼おうとしていた。

刻よりも、その猫に心をとらわれたのは、本当は晶緋のほうだった。

拾われた身として、アレイストのそばで、晶緋は遠慮しながら過ごしていた。

他に身よりもないただの子供、アレイストに疎《うと》まれていれば、この城などすぐに追われるだろう。

兄弟が引き裂かれ、施設でどんな扱いを受けるかは分からない。

だが、アレイストはこの城を、自分の家のように、好きに使えと言ってくれた。

もちろん、猫を隠して飼っていたことは、すぐにアレイストの知ることとなった。

「アレイスト様…！　飼ってもいいでしょう?」

刻が懇願する。

「あの、申し訳ありません…！　すぐに誰かに飼ってもらえるようにしますから…」

捨ててくるよう、言われると思った。

自分たちを住まわせてもらっているのに、新たなことで迷惑を掛けられない。

晶緋はずっと、アレイストに迷惑を掛けないように過ごすことを一番に考えていたから。

「お前はどうしたい？　晶緋」

アレイストが訊ねたのは、晶緋にだった。

「これ以上、迷惑を掛けるわけには…」

「迷惑、じゃない。お前がどうしたいかだ」

晶緋は躊躇する。

だが、すぐに言いきれなかったせいで、晶緋の本当の気持ちを察したのだろう。

「世話をするのなら、いいだろう」

「本当ですか!?」

刻が隣で破顔する。

刻だけの希望ではなくて、アレイストは必ず晶緋の意見も聞いてくれる。

だから晶緋は嬉しかった。

次第に、そんな彼のために自分ができることはないかと、晶緋は探すようになっていた。

お茶やお酒を運ぶこと、そのくらいは、晶緋でもできる。

そうすると、アレイストは喜んでくれたから。

少しでも役に立てるのだと思えて、嬉しかった。

アレイストも晶緋には、そばに近づくことを許した。

喜んでもらうために、他にもできることを、晶緋は探した。

古い城の常として、城内はいつも薄暗かった。

アレイストがヴァンパイアだと知らなかったから、晶緋は暗い城内であっても、少しでも明るい気持ちになればと思って、輝くような明るい色の花弁を持つ花を花壇に欠かさないようにした。

城の周囲には、けっして華美ではないが可憐な花をつけるゼラニウムや、薄紫色のヘリオトープが、花をつけている。この地方のそれは優しい香りの品種らしく、城は甘く柔らかな香りに包まれていた。

ゼラニウムは様々な色を持つが、とりわけ赤い花は、血の色のように鮮やかだ。

だから、人の血を吸って咲くと、不気味な噂が立つのかもしれない。

晶緋が婚礼を済ませた翌日、ヘリオトープとゼラニウムの花が、晶緋の部屋に置かれていた。

しかしそのときのゼラニウムは、血を吸った赤の花ではなく、淡い白の花弁だった。


「あ…っ」

貫いた後、必ずアレイストは晶緋を抱き締める。

昔は、抱き上げられた腕に、晶緋は庇護を感じただけだったけれど。

圧倒的な安心感を、彼は与えてくれた。

その腕が今は、男の欲望を滲ませ、身体に回る。

そして、口唇が重ねられる。

彼の腕に抱かれる安堵も、かけがえのないものだったけれども、こうして強く、きつく抱き締められるのにも、胸が高鳴る。

甘い陶酔感が、晶緋の胸に込み上げた。彼に抱かれなければ、知らなかった感覚だ。

この甘さを得られる場所、彼の胸の中を、手放したくないとも思ってしまいそうになる。

本当は、この場所を得られるのは、自分の弟だったはずだ。

だから、いつかこの場所を明け渡そうと思うのに、胸の中から抜け出すことはできない。

一度知ってしまった甘さを忘れるのには、努力が必要だ。

ただ彼の腕の中は甘く、たまにうっとりとその胸にため息をついてしまいそうになる。

晶緋を腕の中に抱きしめながら、アレイストは言った。

「害に過ぎない存在、か。私には、存在する意味はないかもしれない」

呟くようにアレイストが言った。

「お前もあの男のように、私を排除したいと思っているのか?」

存在する意味を、晶緋はずっと探していた。

アレイストももしかしたら、同じかもしれない。

「いえ」

晶緋は言った。

「あなたさえ嫌でなければ、私はそばでお仕えします…」

本当はそばにいさせて、と素直に言ってしまいたかった。

弟とアレイストに対する罪悪感が、日ごとに増していく。

「そんなことを言っていいのか？」

「…はい」

『執事というのは、命賭けで主人をお守りするものです。一切の感情はそこに必要ありません。主人が死ねと言えば、死ぬ覚悟でお仕えするものです』

そう、ヴァンは言っていた。

クリストファーのそばにいるヴァン、彼もそんな気持ちで主人に仕えているのだろうか。

3章

その手紙が届いたのは、翌日のことだった。

「なぜ、こんなものが私に…」

市長からだった。

以前からアレイストに寄付を呼びかけて、自身のパーティーに出席するよう求めていた。そのたびに断っていたが、今回の手紙の趣旨は違っていた。

晶緋に、仕事を依頼するものだった。

執事として自分の元で働かないか、手紙にはそう綴られている。

「なぜ今頃、こんなものが…」

破り捨てることもできるが、彼は刻の通う学校の理事長でもあったことを思い出す。軽率に扱うこともできないだろう。

そこには、晶緋を雇い入れる条件が書かれていた。

そして結びには、刻の寄宿舎での費用も、心配しなくていいと書かれている。

なぜ自分に目をつけたのだろうか。

（もしかして正臣が…）

晶緋がここに囚われている理由を誤解して？

だが、自分は、アレイストのそばにいることを選んだのだ。

きちんと断らなければ、そう思っていた時、寄宿舎から刻が怪我をしたという連絡が入った。


一日の仕事を終えた夜、電話を取り落としそうになった晶緋を、アレイストが支える。

「どうした？」

「刻が…怪我をしたそうで、かなり酷いと。今からすぐ来るようにと連絡が入って」

震える晶緋を、アレイストが抱きとめる。

「私が連れていってやろう」

「そんな…」

滅多に街には出ないアレイストが？

「一人で行けます」

「今のお前を一人にさせるわけにはいかない」

アレイストは迅速だった。

メイドに連絡すると、すぐに城を出る準備を整えてしまう。

言われるまま、寄宿舎に併設された病院へと向かう。

ベッドでは、刻が頭に包帯を巻いた姿で、横たわっていた。


「刻…！」

血の気が引く思いを味わう。

「どうして…っ」

「あれ？　兄さん、来たの？」

「それより、お前の容態は…」

「容態って、大げさだなあ。階段から落ちただけなのに。でも勢いよく頭から落ちて。出血が酷かったから、先生も心配したんだろうね」

そばには、理事長である市長が控えていた。

人望を集める市長でありながら、どこか冷たい印象を与える男だ。

刻の入学式の時に会ったような気がするが、晶緋はあまりいい印象を持ってはいない。

「すみません。大げさに連絡してしまいまして。私がそばにいながら、このような目に」

責任を感じ、付き添ってきたのだと、彼は言う。

「よかった…」

泣きそうなほどの、安堵の気持ちが込み上げる。

「アレイスト様も来てくれたんですかっ!?」

刻が驚いた声をあげる。

「無事でよかったな」

アレイストが刻に声を掛ける。

「すみません…」

刻がアレイストを見上げる。

二人の視線が絡む。

アレイストが刻を見つめるときは、晶緋に向けるものとは違う眼差しを向ける。

優しい光が滲んでいるような…。

「アレイスト様…?」

アレイストが刻の首筋に指先を触れさせる。

くすぐったそうに、刻はその指を甘受していた。

それから、暫くのあいだ、晶緋は刻の元に、看病に通うことになった。


元々出血が酷かっただけであって、それほど深い傷ではなかったらしい。

刻はすぐに回復の兆《きざ》しをみせた。

医師も、刻の回復力に驚いていたようだった。

通常ならば、こんなにも早く治らないのだという。

「階段から落ちるなんて…」

ひとたび安心すると、心臓が縮み上がるほどの心配を掛けた弟に、今度は恨みがましい気持ちになる。

「う、ん…」

もう二度とあんな心配はしたくはなくて、注意を促すつもりで、晶緋が軽く睨みつけながら言うと、刻は妙に歯切れの悪い返事をする。

「僕のドジ、…じゃない気もするんだ」

「え…？」

「あの時、階段から足を滑らせたのって、後ろからギラリと何かが光ったような気がして、驚いたからなんだ」

「どういうこと？」

「首筋を掠めるように光って…、それで慌てて避けようとして、階段から足を滑らせた。最近の、首筋を切り裂かれる殺人事件、まだ犯人が捕まっていないだろう？　だから過敏になってたってのも、あるのかもしれないけど…」

「本当？　それは」

刻ならば、犯人が目をつけるという美貌を、十分に備えている。

「うん。階段から落ちたら、すぐに先生たちが騒ぎを聞きつけて駆けつけてくれて。そこに理事長先生も偶然居合わせて、それで付き添ってくれたんだ」

自分の見ている前で、生徒が怪我をしたとしたら、責任を感じるのも当然かもしれない。

「でもね…」

刻が考え込む素振りをみせる。

「理事長先生だけ、僕の後ろから現れたような気がするんだ。理事長先生に、もしかしたら僕の後ろで光ったものを見なかったかな、って聞こうと思ったけど、聞きはぐれちゃった」

いぶかしむような、刻の表情。

教育者という立場でありながら、アレイストに常に寄付を無心《むしん》してくる男でもある。晶緋も、彼を見たときに、あまりいい印象は抱かなかった。

だからといってまさか、理事長が刻を突き落とした、なんてことはあるだろうか…？

「それにしても、あのアレイスト様が駆けつけてくれるなんて、驚いたよ」

刻は素直に、深い驚きを見せる。

「心配してくれてるのかな、って嬉しかったな」

「うん…」

晶緋も、アレイストが城を出て、街に出てくるとは思わなかった。

それほどまでに、心配しているのかと思う。…刻のことを。

滅多に出ない城を、出るほどに。

「それほど心配されてるなんて、感動しちゃったよ」

言いながら、刻の頬がうっすらと上気する。

「なんか触れられた時、身体がじんとしちゃって…。ほっこり熱くなって」

（あ……）

刻の表情に、晶緋の胸が妖しくざわめく。

もしかして刻の心にも、アレイストに対する何らかの気持ちが生まれ始めている…？

この怪我をきっかけとして。

もし、刻もアレイストを好きになったら。

その不安と予感が、本物になろうとしている。相思相愛、その言葉が、晶緋の脳裏に浮かんだ。

だが、弟がアレイストに惹かれているというのなら、その幸せを願わなければならない。

アレイストも、晶緋ですらあれだけ優しく抱くのだ。本当に好きな人ならばもっと優しく抱くのだろう。

だとしたら、自分は…？

自分の存在意義はなんなのだろう。自分は、どこにいけばいいのだろう。

初めて自分という存在を認識してくれた彼の、あのとき差し出された手とその思い出を、ずっと大切にしてきたのに。

病院から帰り、晶緋はいつも通りアレイストのそばで仕事を務めた。

「あの、今日は仕事を休ませていただいて、申し訳ありません」

「構わない」

まるで晶緋を待っていたかのように、アレイストはまだ自室には戻らず、応接室にいた。

「アレイスト様…」

晶緋は唾《つば》を飲み込む。

「もし私がいなくなったら、どうしますか?」

「逃げたいのか?」

アレイストの声が低くなる。

「違います」

また、何か怒らせることを言ったのだろうか。

「ただ…そうすれば、アレイスト様は他に、きちんとした花嫁を、迎えることができますから…」

刻のように。

「もう、お前を迎えただろう？」

「私は、執事です。あなたの、従僕です。しもべと、何の変わりもありません」

「お前は、自分の立場を、そう思っていたのか⁉」

その言葉に、アレイストが不機嫌さをさらにつのらせたようだ。

アレイストがゆらりと立ち上がり、晶緋の肩が竦む。なぜか、本気で怒っているようだった。

「ですが…っ」

「お前は私に、永遠を誓った」

肩を掴み取られる。

もう、それを違《たが》えることはできないのだと、告げられる。

咽喉元まで込み上げる言葉を、晶緋は飲み込む。

それで、アレイストは納得しているのかと。

細い腰をすくい取られる。アレイストが、自分を抱こうとしている。

「アレイスト様…」

抵抗を吐く前に、口唇を塞がれる。

シャツを乱され、楔を突き立てられる。

そうされると晶緋は律動に合わせ、熱い吐息を零す。

幼い頃の保護者は、晶緋の「男」に変わった。

昔の思い出を心に浮かべながら、晶緋はその腕に抱かれていた。


晶緋は街に下りていた。

数日前、また殺人事件が起きたばかりだ。

その日は刻の退院のため、晶緋はアレイストとともに街に来ていた。街は、また一人犠牲者が出た恐怖と混乱に陥っていた。

明るいうちに帰らなければ、と思いながら街を歩く。

代々伝わる名品の数々、それら宝飾品を磨きに出していた。

宝石の類はさすがに、晶緋にも管理はできても、直すことはできない。

宝石類を取りに行った帰り、店の前にいたのは正臣だった。

明らかに、晶緋が来るのを待っていたようだった。

「話があるんだ」

有無を言わせない口調に、仕方なく晶緋は隣の店に入る。

こぢんまりとしたカフェだった。

「また犠牲者が出たのを、知っているな?」

「……」

「俺は、あいつがやったんだと、思っている」

「そんな…!」

「俺は、あいつの力を見ている。あいつは化け物だ」

「化け物」、その言葉が胸に突き刺さる。

「あんな害になる存在は、この世にいなくてもいい。分かるだろう? 殺したほうが俺たちのためなんだ」

正臣の目に、燃え上がる怒りがあるのを見てとれた。

ヴァンパイアは悪で、自分たちは正義だと。

それは本当にそうなのだろうか?

自分が正義だと信じている者は、それを振りかざし、自分の行為を正当化する。

だが、あんな事件が起こるまでは、アレイストはヴァンパイアだと気づかせる素振りなど一切見せなかった。

誰にも迷惑を掛けることなく、ただ、ひっそりと暮らしていただけだ。

「お前なら彼を呼び出せると思う」

「呼び出してどうするつもりですか？」

「もちろん、そのときにはそれなりの、準備をさせてもらうさ。尋常ではない力を持つ彼には、かなわないからな」

晶緋は青ざめる。

やはり、アレイストを…。

「…それはできません」

「なぜだ!?」

正臣が憤懣《ふんまん》を叫ぶ。

「とにかく、例の事件はアレイスト様がやったことじゃありません。そしてヴァンパイアでもありません。だから放っておいてください！」

このまま放っておいて欲しい。

彼のそばにいたい、ただ、それだけだ。

どんな扱いをうけても、それでも…。

「悪いな」

「え…？」

ぐらりと視界が歪む。

そういえば、コーヒーがいつもより苦味がある気がした。

多分、粉末を混ぜられれば気づかない…。

もしかして、薬でも混ぜられていたのだろうか…。

晶緋はそのまま意識をなくしていった。


胃が、むかむかする。

何か強い薬を飲まされた後のようだ。

「正臣さん…」

無機質な色の中で、見知った顔を発見し、晶緋は起き上がろうとする。

だが、彼との間に、頑強《がんきょう》に閉ざされた格子《こうし》があるのに、晶緋は気づいた。

正臣が格子の外に立っていた。

「なんでこんなことを……！」

なぜ、自分がこのような場所にいるのだろうか。

ごめん、そう正臣が小さく呟く。

「もしかして、さっきのコーヒーに何か薬を？」

「ああ」

正臣が肯定する。

「正臣さん……！」

鉄の格子に手を掛ける。冷たい感触を与えるだけで、それはびくともしない。

「ここはどこですか？」

「市長の持っている家の一つだ。ヴァンパイアのことを市長に話したら、快く協力してくれた」

市長、ということは、刻の通う学校の理事長である。

「あいつは、ヴァンパイアだ」

正臣も、その存在を、信じているというのだろうか。

「そんなものを信じているんですか？」

「最初は疑いを抱いただけだったさ。だが、あいつの傷、あの塞がり具合を見ただろう？

目の当たりにするまでは信じられなかったが、やはり、人とは思えない力を持っているのを見せつけられた今は、信じざるを得ない」

「そんなものいるわけがないでしょう？」

その場面を見ておきながら、彼を庇おうと強く否定する。

「だが、実際に殺人事件は起こっている。娘や息子を殺された家族たちは、その恨みを疑わしい人物に向けている。それが、お前のところの主人だ」

「でも」

「滅多に姿を現さない不思議な人物だから、怪しいと思った。最初に被害にあった女性、あれは俺の妹だ」

「正臣さ…！」

そんな…。

「だから、俺はあいつを探《さぐ》るために、城に侵入した。あいつの元にお前が執事として勤めていたのは、偶然だったけどな」

憎々しげに、正臣の顔が歪む。

「正攻法でいけば、かなわないだろう。それは思い知らされている」

彼の首筋にはまだ、アレイストによってつけられた傷がある。

「だが、こうしてお前を拘束すれば、あいつをおびき寄せることができる。そこであいつを俺たちは待ち伏せる」

　これは、罠だ。

「アレイスト様が、私を助けに来るわけがありません」

　危険を冒してまで。

「私は、あの人の単なる従僕です」

「それは分からないだろう？　あいつはお前に触れた俺を、嫉妬の目で見ていた。俺のことを城に留まるのを許したのも、お前が願ったから渋々といった様子だった。お前の望みならば仕方ない、というような。お前の望みを何でも叶えようとするほどに、お前のことは大切にしている。そう感じた」

「それは錯覚です」

「あいつに、無理に縛りつけられていたんだろう？　それは弟のせいなのか？　それとも、お前の感じている育ててくれた恩義を、あいつが利用しているだけなのか？」

　憎々しげに、正臣の顔が歪む。

「どちらにせよ、あいつは化け物だ。お前はそばにいないほうがいい。結局はこれは、お前のためになるんだ。あいつがいないほうが、お前にとってもいいだろう。あいつが姿を現したら、俺は妹の仇《かたき》をとらせてもらう」

「アレイスト様がしたんじゃないと、言っているでしょう！」

「お前がそう思わされているだけだ。それにあいつが街に下りてきた日に、殺人事件が起こっている」

「それは、弟を迎えに来たから……！」

刻を、心配していたから。

「まだ日が高い。来るとしたら夜だろう。その時こそ、あいつを」

決意を固めた表情で、正臣が部屋を出ていく。

「もう、晶緋がここにいることは、あいつには伝えてある。妹の仇をこれで討てる」

「正臣さん……！　出してください……！」

どうして、こんなことに。

胸が苦しい。

ただ、そばにいたかっただけなのに。

想われずとも、そばにいたい。

たったそれだけの望みすら、かなえられないのだろうか。

夜、アレイストが来る頃、正臣はそれなりの武装をしてアレイストを待ち伏せるだろう。

自分のせいで、彼を危険な目に遭わせたくはない。

絶対に来て欲しくはない。いや、来るはずがない。

弟がアレイストを想い始めていると伝えたら…彼は晶緋を疎んじるだろうか。

パタン…。扉の開く小さな音が聞こえ、はっと晶緋はその方向を向いた。

アレイストが立っていた。


「今、鍵を外してやる」

「だめです。…なぜ、こんな明るいうちに…」

檻《おり》の中で、格子に手を掛ける。

「早く、…逃げてください。これは、あなたをおびき寄せる罠です。あなたが来たことに気づけば、殺されます」

それに、昼間の明るさが彼の体を蝕《むしば》むかもしれない。

「どうして、私にそれを教える？」

「私は、あなたの執事です。…主人を守るのが私の仕事ですから」

本当の気持ちを押し隠し、仕事になぞらえる。

けれど、アレイストは檻の鍵を開けた。

「来るんだ」

指先が伸ばされる。

『私とともに来るか?』

そう言って、子供だった晶緋に差し出された同じ手で。

昔の光景が、晶緋の目の前に交錯《こうさく》する。

思わず、晶緋は指先を伸ばした。

重なる前に、アレイストが晶緋の指を掴む。そして、強い力でぐ…っと引き寄せる。

囚われていた場所から、連れ出されると、破裂音がした。

今いた場所から出ようとした二人の間を、弾丸が掠める。

「な…っ」

二人の目の前に、理事長が立っていた。

「まだ夜にもなっていないのに、こんなに早く取り戻しに来るとは思わなかった。逃がすわけにはいかないよ」

「お前…」

「ヴァンパイアなど、存在するものか。お前たちに罪をきせるのには丁度いい。あの刑事は、本当にお前が殺したのだと、思っていたみたいだが」

まさか目の前の男が、今までの殺人事件を…？

弾丸が、晶緋の腕を掠った。

「晶緋…！」

崩れていく身体に、アレイストの腕が回る。

「よくも、…私のものに」

怒りに燃え立たせたような瞳で、アレイストが牙《きば》を剥《む》く。

「ひ…っ」

市長の目が、恐怖に見開かれる。

「まさか、本当に…ヴァンパイア…っ」

市長は恐怖のあまり銃弾を打ち込んだ。

再び渇いた音が鳴り響く。

だが、晶緋の前に立ち塞がったアレイストによって、それらは防がれる。

「…あ…わ…」

震えた手から銃を取り落とすと、市長は慌てふためき逃げ出してしまった。

アレイストはなぜか逃げる市長を追おうとはしなかった。

その代わり、苦しげな顔を見せた。

晶緋はアレイストを見つめることしかできないでいる。

アレイストの瞳は、金色に染まり、人のものとは思えない牙がある。

見ただけで震え上がりそうな、金色の瞳の色、恐ろしげな鋭い牙。立ち昇る壮絶な迫力。

相貌を見ただけで村人を震撼《しんかん》させ、立ち向かおうとする気力を奪い、一目散に逃亡させた恐ろしげな姿だ。

今までに一度も、晶緋に見せたことはない…。

幼い頃からずっと、そばにいても。

なのに。

晶緋を救うために、その姿をアレイストは見せた。

もしアレイストのその姿を見れば、村人のように逃げ出すのが普通の反応だろう。

アレイストは金の瞳を伏せると、晶緋に背を向けた。

晶緋の驚いた表情を…恐怖に怯えたものだと誤解したまま…。

アレイストの広い背が、晶緋を拒絶しようとする。

その背は二度と、晶緋を振り返らない。

そんな気がした。

アレイストが晶緋の目の前から去ろうとしている。

そしてきっと、もう晶緋の前にその姿を現すことはないだろう。

(嫌だ…!)

胸に衝動が突き上げる。

晶緋は、思うように動かない身体で必死に立ち上がったが、すぐに膝をガクリと折ってしまう。

それでも、力いっぱい腕を伸ばせば、アレイストのフロックコートの裾を、わずかに掴むことができる。

「ま、…って…!」

搾《しぼ》り出すような声が洩れた。

ゆっくりと、アレイストが晶緋を振り返る。

床に倒れ込みながら、アレイストの足元で必死で引きとめようとする晶緋の姿を、彼は見下ろしていた。

「待って、…くださ…」

アレイストがコートを翻そうとする前に、懸命に告げる。

何があっても離さない。薬を飲まされたせいで腕に力が入らなくても、意志だけで最後の力を振り絞り、晶緋は指先に力を込めた。

「行かないでください…」

自分を置いて。

離れたくない。

そばにいさせて欲しい。

たとえ、自分が想うほどに、アレイストが晶緋を想ってはいなくても。

それでも。

「私を置いて…行かないでください…!!」

アレイストが困惑したように、眉根を寄せた。

それは、初めて出会ったときの、アレイストの表情だ。子供の頃、森の中で迷い、泣いていた自分を抱き上げてくれた時の。

あのまま、本当なら捨て置くべきはずなのに、放って置けなくて、…晶緋を抱き上げてくれた。そして、城へ連れ帰ってくれた。

幼い頃の自分にとって、彼は自分のすべてだった。

居場所を失った自分に、住む場所は与えてくれたけれども、甘やかしてなんてくれなくて、必要以上に晶緋に関わろうとはしなくて、情なんてものを向けてはくれなくて。

最初から、晶緋を突き放そうとするかのような、態度を取っていた。でも。

晶緋が森で迷うと、どういうわけか、必ず迎えに来てくれた。

だから、突き放されてはいても、嫌われてはいないと、思っていた。

「お前は…この私の姿が、恐ろしくはないのか?」

静かに、アレイストが言った。

「恐ろしくなんかありません…!」

幼い頃から、あれほど一緒に過ごしていたのに、アレイストは一度も、その姿を晶緋に見せたことはなかった。

もしかしたら、アレイストが今まで自分の前で見せなかったのは。

「先ほどの人間の反応を見ただろう? 誰もが私を恐れ、そして逃げていく。それが普通の人間の反応だ」

だから、晶緋も逃げ出すのではないかと。

「お前も、私を恐れるようになる」

アレイストの顔が歪む。

もしかしたら晶緋がアレイストの姿を見て、恐れ慄《おのの》くさまを、アレイストは見たくはなかった…？
その理由は、一体…？
「私は…。恐れてなどいません」
晶緋は言った。
今の姿を見ても、逃げ出さなかった。
それどころか、こうして引き止めている。
「う…っ」
晶緋はすすり泣く。
アレイストが膝を折り、晶緋の身体を抱き起こす。
一度は離れようとしたアレイストが、心配げな瞳で晶緋を見つめている。
晶緋は自ら、アレイストに腕を回すと、しがみついた。
離さないように。
彼が離れていかないように。
「私は…」
大切な一言を告げようと晶緋は口を開く。
もし、自分をこうして捨て置こうとしているのなら。

二度と、会えないのなら。

――せめて。

涙を浮かべる晶緋を、アレイストが見つめている。

その時、焔《ほのお》が二人を取り巻いた。


晶緋の身体が、背後に強く押された。

晶緋が囚われていた場所に、火が放たれたのだ。

妹を殺されたと告げた正臣の言葉、ヴァンパイアであっても火から身を守るのは難しいということを思い出す。

だから、火を放ったのだ。

部屋が火に包まれる。

天井が崩れ落ち、床を燃え上がらせる。

けれど、晶緋の周囲には、一筋の火の粉も降りかかってはいない。

そして、しがみついていたはずの、アレイストの身体もない。

二人の間に、燃え上がる木の柱が倒れ、そこからは火柱が激しく立ち昇る。

炎が揺らめくその先に、アレイストの姿があった。

アレイストは苦しげに、膝を折っている。

「アレイスト様……！」

駆け寄ろうとして、立ち昇る火柱に阻《はば》まれる。

アレイストの背後には火が回り、退路を探すことはできない。

だが、晶緋の周囲はまだ、火が回ってはいない。

アレイストは落ちてきた天井の梁《はり》を弾き返し、晶緋を守ったのだろう。

「お前のいる場所はまだ、燃えてはいない」

冷静に、アレイストが告げる。

「早く…行け」

「アレイスト様は…!?」

一緒に逃げるものだと思っていた。

だが、アレイストは動こうとはしない。

晶緋を守るために、もしかしたらかなりの力を使ったのかもしれない。

火は次第に勢いを増していく。

アレイストの姿が、焔の後ろに消えていく…。

見えなくなっていく。

「アレイスト様…！」

まだ、大切なことを、晶緋は告げていない。

その言葉を告げるまでは…。

迷いはなかった。

晶緋は残った力を振り絞り、火の海に身を躍《おど》らせた。

「晶緋」

安全な場所から、自ら火に巻かれた場所へと飛び込んできた晶緋を見て、アレイストが目を見開く。

「なぜだ…！」

今ならまだ、間に合うのに。

無事に逃げられるのに。

片膝を立て、座り込んでいるアレイストに、晶緋は駆け寄る。

素早い一瞬のこと、晶緋の身体に火は移ってはいない。

「馬鹿なことを」

心から悔しそうに、アレイストが言う。

馬鹿なことだと軽蔑されても、それでも。

晶緋は…。

アレイストの目を見つめながら、晶緋はきっぱりと言った。

もしかしたら、これで命を落とすことになるかもしれないから。

「何があっても、あなたが何者でも、…どんな姿でも、私は…あなたのそばに、…いたい」

アレイストが驚いたように息を呑《の》んだ。

それは、初めての告白だった。

このすべてを捧げて…あなたに仕える。

最期を迎えるその日が来ても、自分だけはそばにいる。

「最後まで、…あなたに、仕えさせてください…」

涙が溢れた。

たとえ、無理やり抱かれても、その場を離れることをしなかったのは…。

好き…だったから。

「…晶緋…」

アレイストの指先が、晶緋の肩に掛かる。

滅多に感情を表さないアレイストが、驚いたように目を見開いていた。

いきなりの告白に、戸惑っているのだろう。

迷惑に思われているのかもしれない。それでも。

「私では何の力にもなれないかもしれません。でも」

今日市長や正臣がしたようなことが、アレイストたちヴァンパイアに対して人間がずっとしてきた仕打ちだ。

「あなたを守る人がいないのなら、私があなたを守りますから」

ずっと、自分はアレイストに守られてきたから。

そして、アレイストを守る人は、誰もいないから。

この身を、命を、すべてを捧げて彼を守りたい。

執事の仕事には、身を挺《てい》しても主人を守る…そんな役割も含まれている。だからこそ晶緋はこの仕事に誇りを持っていた。

アレイストからの返事はなされない。

一方的に気持ちを押しつけているだろうか。

そう思って怯えながら、恐る恐る晶緋は訊く。

「…迷惑ですか？」

ごめんなさい。

小さく続ける。すると。

「私のそばにいれば、いつも危険がつきまとう」

アレイストは言った。

「同族だと誤解され、今日みたいに殺されそうになるかもしれない」

苦しげな声だった。

「それでも、離したくはなくて、そばにいさせた」

晶緋は、はっと息を呑んだ。

「離したくはないから縛りつけた。いつかは手放さなければならないと分かっていながら、そばに置いておきたかった」

綴《つづ》られる言葉は、何を意味するのだろう。

アレイストは一体、何を話し出すのだろう。

「お前を、しもべにするつもりはなかった。だが、正体を知られてしまった以上、私のそばに置くためにはしもべにしなければ同族から庇うことはできない。いつどこから我々の秘密が洩れるか分からないから、意思を奪い秘密を洩らさないよう、操る必要がある」

けれど、アレイストは晶緋をしもべに貶めたりはしなかった。

晶緋を庇うために、アレイストが取った、たった一つの手段、それは。

花嫁にすること…。

「だからお前を、花嫁に迎えた」

でも、それは…。

「そうせざるをえなかっただけでしょう…？」

想い人は別にいる。なのに自分は、アレイストの想いの邪魔をした。

「アレイスト様が迎えたかった花嫁は、別にいると…」

一番恐ろしくて、訊けなかった疑問だ。

「成人を迎えるのを、大切に待っていたと、聞きました」

「クリスとの会話を聞いていたのか？」

「この命は、あなたが救ってくれた。だから、あなたが何をしてもいい」

この身を引き裂いても。

「ただ、命尽きるまで、あなたのそばにいさせて。それだけが、私の望みですから」

あなたが自分を、何とも思っていなくても――。

「あなたがどんな人でも、それでも、…好きです」

ずっと抑えつけていた、気持ちだった。

最初から、ずっと。

好き。

ずっとそばにいた。

ずっとそばにいたい。

昔みたいな優しいあなたでなくても、いいから。

危険を冒して助けに来てくれたあなたに、伝えたいのは。

たとえ自分が先に死んでも、あなたに伝えたかったのは――。

終わりある命なら、それが自分の存在価値、意義だから。

生きている間にあなたのそばにいられて、愛していると告げられてよかった。

たとえこの身が朽ちても、永遠の暗闇の中に一筋の真実の愛があれば。

「私はそばにいられるだけで、いい」

最初から、そう伝えたかった。

愛しているから、そばにいさせて欲しい。

愛して欲しいなんて、言わないから。

花嫁としての務めも、アレイストが望むのなら…アレイストが本当に好きな相手と結ばれるときまで、果たすから。

「でも、アレイスト様には、他に好きな方がいるはずだから。だから、私を」

息を吸い込むと、晶緋は言った。

「…しもべにしてください」

「何を…」

「そして、本当にあなたが好きな方を、花嫁に迎えてください…」

真実の想い人を。

本当の花嫁に。

「本当の花嫁は、お前一人だ。今までも、そしてこれからも」

当然だとばかりに、アレイストが告げる。

その言葉が、晶緋の胸を抉った。

愛されているのだとしたら、どれほど熱く激しく、胸に嬉しさを伴って、響いただろう。

「どうして…っ」

引き絞るような悲鳴が洩れた。

「刻が十八歳を迎える誕生日、だから、クリストファー様を呼ばれたのではないのですか?」

ずっと抱いていた疑問だ。

「もう一人、そのすぐ後に誕生日を迎える人間がいただろう」

何をわかりきったことをと、言いたげな口調だった。

「ですが、私は成人では…」

「十八歳はこの地方での習慣だ。だが、ヴァンパイアの成人は二十歳《はたち》だ。それにお前の国の成人は、二十歳ではなかったのか…？」

晶緋の国のことまで、考えてくれるほどに、深く想ってくれていた…？

「あんな形で迎えようとは思わなかった。お前の心が向くのを待って、そしてきちんとした立会いの元、花嫁に迎えようと思っていた」

「え…」

「愛していた。最初から。お前が私を愛する対象として見ていないことなど、分かっていた。美しく成長していっても、弟と違いお前はずっと、私から一歩引いた態度で接していた。私と一線を引いた態度を、崩さなかった。それでも、引き止めてそばに縛りつけておきたいと思って、お前に私のそばから離れない仕事をさせた」

何を言い出すのだろう。

まさか。

今の口ぶりでは、最初から…晶緋を。

自分を花嫁に迎えようとしていたかのようではないか。

「そのうちに、お前を私のものにしてしまいたいという気持ちと、お前の気持ちを大切にしたいという自分を抑えつける気持ちの狭間で、どうにかなってしまいそうだった」

アレイストの苦悩を知らされる。

「あの夜、クリストファーの姿を見たとき、お前は逃げ出そうとした。どうせ、私の真の姿を見ても、逃げ出すだろう。お前を失うのなら、いっそ…。そう思って想いを告げずにお前を私のものにした」

「違います…！」

「何が違う？　それまで、献身的に尽くしてくれた瞳が、怯えるように逸らされるたび、私は心が引き裂かれそうになっていた」

「私が逃げようとしたのは、あなたが見られたくない姿を、見てしまったのかと思ったからです…！　私が見たことによって、私たちの関係が変わるのを、恐れたんです。ずっとあなたのそばで過ごしたかったんです」

見ない振りをすれば、変わらずそばにいられると、思っていたから。

「忌み嫌われる存在として、生きてきた。なのにお前は、私を知ってもそばにいたいと…？」

「はい」

はっきりと、晶緋は言った。

「そう言ったのは、…お前だけだ」

長い月日の中で。

「闇に生きる私には、お前は光のように思えたよ」

未来が閉ざされた闇に生きる存在にとって、何よりも輝かしい光だったのだと。

寒々しい孤独の中で、明るく照らす存在だったのだと…。

「本当に…?」

自分を?

胸にじわりと熱いものが広がっていく。

「愛していた。最初から」

衝撃が晶緋の胸に走る。涙が溢れそうになる。

今の言葉を本当に、アレイストが言ったのだろうか。ずっと焦がれていた人が。

弟ではなく自分を選んでくれる人がいるとは思わなかった。それもたった一人、一番好きな人が、だ。

「私はお前たちにとっては化け物に過ぎない。何もかも叶えられる力を持ちながら、その実、一番大切なものを手に入れることはできない」

人を操るという強靭な力、それほどの力を持ちながら、叶わないのは、人の心を手に入れるということ。

力だけで言えば、羨《うらや》まれる存在のように見えながら、人を想い想われることだけができない。

正体が知れれば忌み嫌われる。

そして訪れるのは深い絶望だ。

苦しげな表情を見せるアレイストに、晶緋は言った。

「私も…。あなたに拾われたとき、何もかも失い、あの森の奥で朽ち果ててもいいとさえ、思っていました。でも、あなたが私に役目を与えてくれ、私にもできることがあるのだと、気づかせてくれました。私を必要としてくれる場所が、ここにはあるのだと…」

きっと、アレイストは何度も裏切られることを、経験してきたのに違いない。

深く信じることができる人間こそ、裏切られたときの傷は深い。

だが、それでも、信じることを諦めないで欲しい。

傷ついたからこそ、人に思いやりを向けることができる。

「あなたが、私に希望をくれたから。今度は私が、あなたの希望になりたい」

自分は、この場所に拾われてきて、あなたに出会ったから。
自分の生きる役目と存在価値、それはあなたのためにある。
そう、晶緋は告げる。
自分のそばで、もうそんな寂しい目はしないで欲しい。
「私があなたの…そばにいますから」
たとえ暗闇でしか生きられなくても。
忌み嫌われても、自分が、アレイストを取り巻く暗闇を照らす、明かりになるから。
何があっても、あなたを、守るから。
あなたの支えになりたい。
何があっても、あなたのそばにいたい。
私があなたの光になるから。
あなたの指先、それが自分を救ってくれた光だったから。
どんなつらいことがあっても、これからの未来になる。だから。
お願い。
「これからも、そばにいさせてください」
アレイストが、晶緋を抱き締める。

「私は、何の力も持っていないかもしれません。でも、愛することはできます」

報われずとも、愛を捧げる。

見返りが欲しくて、愛するのではない。

ただ、ひたむきに、愛することだけはできる。

涙が零れた。

「あの森でお前が迷わなければ。私に拾われなければ。私のそばにいなければ…普通の幸せを掴めたものを」

アレイストが、諦めたような吐息をつく。

晶緋はふるふると首を振った。

普通の幸せなど、自分は望んではいない。

抱き締めてくれる腕があるだけでいい。

「相変わらずお前は…。自分よりも人の幸せばかり優先しようとする。初めて会ったときも、自分よりも弟を助けようとしていたな」

誰よりも思いやりが深く、優しい晶緋の本質に、アレイストは気づいていた。

アレイストだけが、最初から晶緋だけを見つめてくれていた。

「たとえ今夜、待ち伏せた人間たちに杭で貫かれたとしても、…お前を助けたかった」

「アレイスト様…本当に…？」

「永遠を捧げたと言っただろう？　花嫁を守るのは私の役目だ」

「私も永遠を捧げると誓いました」

…愛されている。

あれほど辛かった「花嫁」という言葉が、今は胸を震わせるほど甘い言葉になる。

晶緋は言った。

「愛しています。この言葉をあなたに告げるために、私の人生はあったんです。きっと」

長い暗闇の中、未来が見えなくても、この言葉をあなたに伝えたくて。

愛する人がたとえどんな姿でも、どんな人でも。

それでも、たった一つ、変わらないのは、彼を想う気持ちだ。

晶緋は自ら抱きついて、キスをした。

ありったけの、気持ちを込めて。

このまま、火に巻かれて命を落とすなら。

せめて最期は抱き合った姿で——。

4章

晶緋《あきひ》は今、アレイストの腕の中にいる。

まさか、こうして再び、彼の腕に抱かれる日が訪れるとは思わなかった。

晶緋は、助かったのだ。

真の愛を捧げたとき、花嫁の口づけだけが焔《ほのお》の中からヴァンパイアを救うのだ、と聞かされたのは、助かった後だ。

助かってからというもの、アレイストの寝室から一歩も出ない日々を、二人は過ごしている。

アレイストが、晶緋を片時も、離そうとはしないのだ。

朝起きて、まどろみの中で口づけを交わし、抱きしめられて、そのまま身体を重ねてしまうこともあった。

食事はメイドに運ばせている。晶緋はお茶を注ぐくらいしかしていない。

そして、紅茶のカップをベッドサイドに運ぶと、腕を引かれる。アレイストがお茶を終わるのを、晶緋は腰を抱かれたまま待つ。

側にいるときはいつも、アレイストは晶緋に身体の一部を触れさせている。

そうされると肌がじわりと熱くなり、自然と抱き合う姿勢になってしまうのだ。

アレイストは、晶緋に恐ろしげな存在だと拒絶される不安が何より苦しかっただけで、実は晶緋が最初から好きだったと伝えてからはあますところなく愛情を注いでくれる。

晶緋も、アレイストは刻が好きだと誤解していたから、抱かれるたび傷つき泣きそうになっていただけで、本当はアレイストの腕に抱かれるのが嫌ではなかったと、恥ずかしさに頬を染めながら告白した。

その晩、アレイストは晶緋を優しく、優しく抱いてくれた。

起き上がり、晶緋はシャツを身に着けながら、自分の主人を見つめる。

整った鼻梁に紳士的な顔立ち、文句のつけようもない魅力的な男性だ。

品のいい薄い唇が、先程まで自分に触れていたのだと思うと、気恥ずかしさを覚える。

晶緋はもう自室に戻ることはなく、アレイストの部屋で毎日目覚める。晶緋のほうが大概目覚めるのは早かったから、アレイストの顔を見下ろすたびに、照れくさいような甘酸っぱい気持ちになる。

アレイストが目覚め、晶緋にキスを与えた。キスだけで頭の芯が痺れ、身体の奥までが火照ってくる。

これではまた、今日も一日外に出られそうもない。

一歩も出ない自分たちを、メイドやシェフたちは、どう思っているのだろうか。

そして、クリストファーやヴァンも。

ダイニングにも一度も姿を現さない招待主に、呆れているに違いない。

あの後、焼け跡から死体が見つかり、場所が市長の持ち物だったことから、市長が疑われ、凶器も見つかって、彼が逮捕されたことを知った。

刻《きざむ》の証言も、決め手になった。偶然居合わせたという理事長の不自然な行動に、他の職員たちも疑惑を抱いていたらしい。

刻の怪我は治り、今はまた寄宿舎で過ごしている。

そして、今、アレイストを疑う者はいなかった。

「クリストファー様たちが、不審に思われますから…」

今日もやっと着替えたというのに、すぐに腕の中に引き戻されてしまう。

自分たちが部屋に閉じこもったまま、何をしているのか、彼らに気づかれていると思うと、いたたまれない。

「婚姻の儀を行ったのを奴らは知っている。その後にどうあろうと、彼らだって分かっているだろう」

「ですが、あの方たちのお世話をする仕事が」

「メイドが別にいる」

アレイストの口唇が、晶緋の首筋に埋まる。

牙がたてられることはなく、代わりに痕を残すほど強く吸われた。

抱きしめる腕の力は次第に強くなり、晶緋の牡芯に官能の熱が灯る。

「あ…っ、あ…っ、どうか、アレイスト様…」

抵抗の言葉をのせても、身体から力が抜けていく。身体はアレイストに愛される悦びを期待しているのだ。

その時、遠慮がちに部屋の扉がノックされた。

「は、はい！」

晶緋は慌てて応える。酷く上擦った声になってしまったのは、否めない。

「ちょっといいかな？」

クリストファーの声だ。

慌ててシャツの前を掻き寄せ、晶緋はアレイストの腕の中から逃げ出す。

アレイストもクリストファーの用件では仕方がないと思ったのか、強引に腕に引き戻すような真似はしなかった。

「…そろそろ、僕らも帰ろうと思って、その挨拶に来たんだけどね」

クリストファーが相変わらず、鷹揚《おうよう》な態度でその場に立っていた。

「クリス…」

行為を邪魔されただけではない、むっとしたような気配を、アレイストはまとう。

刻を本当の花嫁に迎えようとしていたと晶緋が誤解していたことも、気持ちが育つのを待たずに無理やり花嫁に迎えざるを得なかったことも、間接的にはクリストファーが起因している。

どれも本質的にはクリストファーが悪いわけではないが、気持ちが治まらないのだろう。

「そう睨みつけないでよ。帰る前にお詫びもさせてもらうからさ。来て、晶緋」

「晶緋をどこへ連れていくつもりだ?」

「地下の石の祭壇。アレイストも心配ならおいでよ」

そう言って、クリストファーが晶緋を連れ出していく。

「やめ…やめてください…！」

「いいじゃない。似合ってるんだからさ」

クリストファーは強引だった。

「せっかく取り寄せたんだから。僕らの一族に伝わる婚礼の衣装だよ。ずっと誤解してたよ、だからこのくらいはさせてもらわないと、アレイストに後で恨まれる」

彼の細腕のどこに、そんな力があるのかと思うくらい強く、彼によってその衣装を身に着けさせられる。

そして、アレイストの元に、引き摺り出されてしまう。

以前から人を食ったような性質を持つ彼には、これくらいは悪ふざけ程度なのだろうけれど。

シンプルな白い長い衣は女性的な印象はなく、中世の司祭がまとうような気品ある衣だ。

だが、裾の長いレースが、それがただの長衣ではないことを知らせている。

いつか被せられたものより数段豪華な、レースのベールも。

手には純白の花でまとめられたブーケを持たされている。中には一輪のヘリオトープもまぜられていた。

「この城の周りにはゼラニウムが多く咲いてて、可愛らしい花だけど、ブーケには可愛らしすぎて向かないかな。初夜の翌日、ちゃんとアレイストは贈ってくれた？」

「え？」

そういえば、室内に香りのいいそれが、置かれていたような気がする。

分からなくて小首を傾《かし》げると、クリストファーがその花の意味は「婚礼の贈り物」というのだと教えてくれた。そしてヘリオトープは「永遠」というのだと。

晶緋の頬が真っ赤に染まる。

引き摺られていった祭壇には、アレイストが待っていた。

「どう？　僕のお詫びは」

クリストファーが得意げに眉をそびやかす。

「前も言ったけど、僕を立会いに呼ぶんなら、このくらいはさせないと。わざわざ呼びつけられて貧相な式なんて、僕のプライドが許さないからね」

だからといって、同じ性でありながら、ウェディングドレス…に身を包むなど、恥ずかしくてたまらない。

自分には似合わないと思う。なのに、介添え人のように晶緋を連れたクリストファーから晶緋を引き渡される彼の表情には、心から愛おしいものを見つめるような熱が混じっているような気がした。

温かく穏やかに見守るだけだった庇護者は、男として晶緋を見つめる存在となった。

今度こそ、本当に。

心から結ばれるように。

相手を間違えてなどいない。

泣きそうな想いで迎えた式など忘れて、心からの喜びを分かち合う式になるように。

いつか思い出したとき、幸福なものであるように。


クリストファーはヴァンとともに城を後にした。

アレイストは晶緋を抱いていた。

本当の初夜だと告げられ、晶緋の頬が染まる。

式の後、白のドレスのままの晶緋を、アレイストは抱き上げ、寝室に運んでくれたのだ。

背にはやわらかいシーツの感触がある。

「最初から、お前を従僕のようなつもりで、抱いてはいなかった」

花嫁として抱いていたのだと。

だから以前一度、アレイストは晶緋に怒ったのだ。ずっと大切にされていた。

アレイストが不本意そうだったのは、大切にしてきた晶緋の気持ちを無視するようなやり方で、奪わなければならなかったからだ。

夜毎淫らに、花嫁は官能の花を咲かせる。

執事は、夜だけ伯爵の花嫁になる。

執事であるときの姿からは想像もできないほど、淫らな姿でアレイストに奉仕する。アレイストを愛したい、悦ばせたくて、晶緋は雄々しいものを口に含んだ。

次第に大きくなる杭に、彼が自分の愛撫に喜んでくれていると晶緋は嬉しく思う。

「もういい」

「あ…っ…」

拙《つたな》いけれども懸命な晶緋の奉仕に、アレイストは熱い息を吐きながら、晶緋の口腔から育ちきったものを引き抜いた。

熱っぽく潤んだ瞳で晶緋が見上げると、アレイストの顔が近づく。

きつく抱きしめながら、アレイストは晶緋に口づける。

先程の口淫のせいで濡れた口角から滴る蜜をアレイストが吸う。

愛しているから口づけて、強く抱きしめて、優しく抱いてくれていたのだ。

お互いに好きだと伝え合ってからは、晶緋の身体はアレイストに口づけられるだけで欲情してしまう。

口づけだけで、はしたない蜜を放出してしまいそうだった。

「晶緋」

「あ…」

晶緋の身体の変化を感じ取り、アレイストは自らの腰を晶緋の狭間に押しつけた。

晶緋だけではなく、彼も晶緋を欲しがってくれている。

「私はお前が欲しい。アレイスト様が欲しい、です…」

「…私も。お前は？」

消え入りそうな声で、晶緋は告げる。

下肢は官能に疼き、既に蜜をあふれさせている。

「あ、…」

アレイストは晶緋に欲望を突き入れた。あますところなくぴったりと、一つに重なる。

「ああ、あ」

突き上げられ、晶緋は細い咽喉を仰《の》け反《ぞ》らせた。

次第に激しくなる腰づかいに、晶緋は目を開けていられなくなる。

「ああ、あ、ああ」

自分のものとは思えない、いやらしい嬌声も気にならなくなった。

しっかりと目を閉じて、秘めやかな部分を穿《うが》つ強い責めに耐える。

中を逞しいものに押し広げられる快楽に溺れる。身体中が淫靡な快感に痺れていた。

硬い杭に筒を抉られ、晶緋は目の前が真っ白になった。どうやら後ろだけで達してしまったらしい。

意識を失いそうになるほどの絶頂を迎えたのは初めてで、それは強すぎる愉悦だった。

「…あ…」

晶緋が達したことを確かめると、アレイストは腰を数度強く蠢《うごめ》かし、下腹を押しつけ動きをとめた。滾《たぎ》ったものが最奥に放たれる。

ぼんやりと見上げると、アレイストの熱っぽい瞳が晶緋を見つめていた。

晶緋が目を開けているのに気づいたアレイストは、照れくさそうに微笑むと、晶緋に口唇を落とした。

「晶緋、これからも…私のそばに」

「…はい」

胸を詰まらせながら、素直に頷く。
たとえあなたが何者でも。
——永遠を、あなたに捧げます。

あとがき

皆さまこんにちは、あすま理彩《りさい》です。このたびは「執事は夜の花嫁」を手に取っていただきまして、ありがとうございます。夜の花嫁シリーズも第二弾となりました。ですが、各々独立した作りとなっておりますので、ご安心ください。ただ、第一弾「神父は夜の花嫁」のカップルのその後もちらりと出てまいりますので、美味しい作りとなっているようにも思います。また、一粒で二度美味しいといえば、今回、受け執事と攻め執事のどちらにも登場させてみました。皆さまはどちらの執事がお好みでしょうか?

私は……友人にも「描写に力入ってるよね～。分かりやすいよ」と笑われてしまった彼が、かなり好きみたいです。

さて今作の主人公である、過保護なほどに愛されている花嫁、晶緋《あきひ》。絶対の庇護者であるアレイストを、子供の頃はさぞかし無条件に慕っていたんでしょう。控え目でいじらしいほどに純粋に想い続けていて。だからこそ、アレイストも踏み切れなかったのではないでしょうか。その鈍感ぶりに、アレイストが気の毒です。

アレイストは、私にしては珍しいキャラに挑戦してみました。優しい紳士です。晶緋が慕っていた想いを、踏みにじらなければならない時は、かなり切ない苦悩があったに違いありません。いつか迎える花嫁を、大切に育てていた彼は、これからもそばで大切に見守っていくでしょう。ちなみに晶緋は、…透明な水晶のような彼を、ヴァンパイアの色である緋色に、アレイストが染めていく…なんて淫靡な想像をしながら名づけました。刻《きざむ》くんは、悠久の時を刻むとか、首筋に牙を刻むとか、そんな感じでしょうか。アレイストは、担当さんが名づけ親です。ヴァンは、某ヴァンパイア映画の退治者、ヴァン・ヘルシング教授から取りました。皆、大好きなキャラたちです。

さて、今作も素敵なイラストを付けてくださった、あさとえいり先生、本当にありがとうございました。拙作にこんな素晴らしいイラストを付けていただいて、いつも恐縮しています。相変わらず格好いい攻め様たちに、うっとりとため息をつくばかりです。

実は今回、ヴァンパイアと執事と、さらに現実世界を絡めつつ…と、色々な制約があったため、つじつま合わせに四苦八苦し、私にとりましては現実の職業物を書くよりもずっと、苦慮いたしました。そのため、担当さん、関係者の皆さま、あさと先生にはご迷惑をお掛けし、誠に申し訳なく思っております。どんな世界でも描き切る能力が得られるようになりたいと、本当に思います。そのために、一層の努力を続けるつもりです。

どうか見守ってくださいますように。愛をこめて。

あすま理彩

ふたりの
なれそめが
気になります…。
ヴァンの花嫁姿
とかも…笑。

KAIOHSHA ガッシュ文庫

執事は夜の花嫁
（書き下ろし）

執事は夜の花嫁
2006年10月10日初版第一刷発行

著　者■あすま理彩
発行人■角谷　治
発行所■株式会社 海王社
〒102-8405
東京都千代田区一番町29-6
TEL.03(3222)5119(編集部)
TEL.03(3222)3744(出版営業部)
印　刷■図書印刷株式会社
ISBN4-87724-542-1

あすま理彩先生・あさとえいり先生へのご感想・ファンレターは
〒102-8405 東京都千代田区一番町29-6
（株）海王社 ガッシュ文庫編集部気付でお送り下さい。

陵辱《りょうじょく》は蜜《みつ》よりも甘《あま》く
あすま理彩
RISAI ASUMA
ILLUST
桜川園子
SONOKO SAKURAGAWA
お前は、憎い男に
犯されて達くんだよ

――憎い男に、抱かれる。父の特許を奪い急成長した会社の社長・人見。父の仇を討つため近づいたのに、逆に一詩は激しく陵辱されてしまう…！　「俺の好きな時に脚を開いてもらおうか」御曹司である一詩が、傲慢鬼畜な人見に跪き、口づけて、隷属を誓う屈辱…。　激しくも切ない、ドラマティックラブ。